AF421735

GJT

Anno 2022

Dello stesso autore

Pensieri Biologici (Edizioni Nuove Scritture, 2003)

Verità Relativa (Sofia Editore, 2005)

Il cacciatore di pietre (Edizioni Odissea, 2010)

Scritti alla fine del mondo (Sofia Editore, 2012)

Manuale di sopravvivenza all'implosione del Sistema (Sofia Editore, 2014)

Contaminazione (Sofia Editore, 2014)

Il punto di vista di Dio (Angelica Editore, 2015)

La casa di ghiaccio (Edizioni Dell'Orso, 2016)

La bestia chimica (Edizioni Monsanto, 2016)

La coscienza del seme (Radici Editore, 2017

È tempo di poesia (Sofia Editore, 2017)

L'evidenza di Dio (Santo Agostino Editore, 2018)

Satana l'occidentale (Artemisia, 2018)

La teoria dell'assoluto (Infinito, 2019)

Certezza scientifica – un mito in frantumi (Edizioni Terra Madre, 2019)

Uccidi I tuoi miti - Gianni Tirelli & Chiara Bolla - (Edizioni Bollarelli, 2020)

All'ombra della mente (Bollarelli Edizioni, 2020)

Il divino oste (Bollarelli Edizioni 2020)

L'universo non si commuove (Gulara Editore, 2021)

e-mail: j.tirelli@virgilio.it

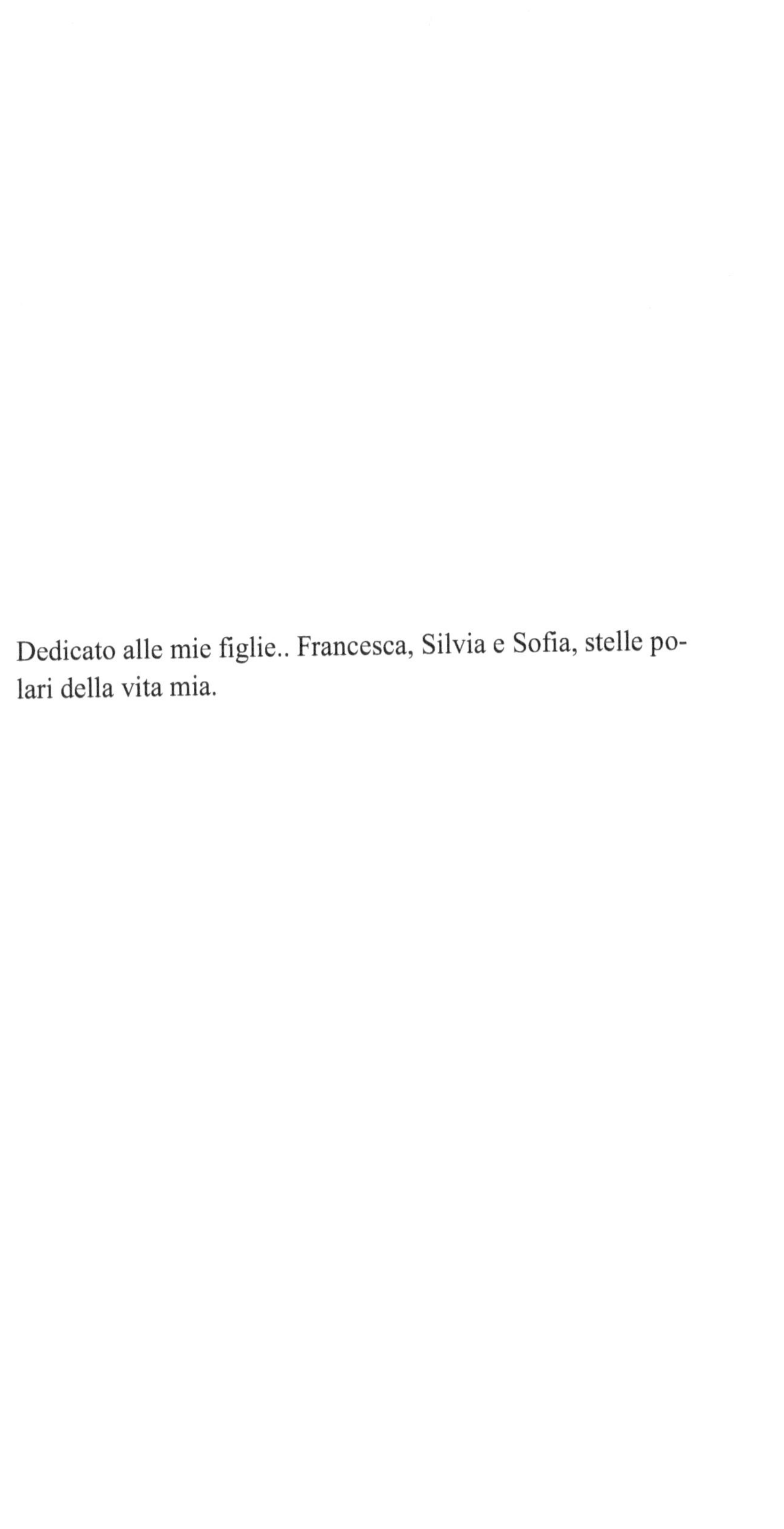

Dedicato alle mie figlie.. Francesca, Silvia e Sofia, stelle polari della vita mia.

Ho raccolto in questo libro alcuni miei articoli, riflessioni e suggestioni senza alcuna sequenza logica, senza un filo conduttore che ne motivi la ragione, ritenendo la realtà odierna, l'esplosione di una grande illusione che ha ridotto tutto e tutti in infiniti frammenti.. frammenti, che come le schegge di una bomba vanno a colpire in profondità il corpo nudo dell'io di ognuno, aprendo ferite sanguinolente impossibili da rimarginare se non attraverso il soccorso di una presa di coscienza, di una consapevolezza della stessa realtà, di un'accoglienza spirituale che accetti ogni manifestazione della vita come estremo atto di umiltà verso l'imponderabile mistero che regola e monitora l'eterno scorrere del flusso universale oltre ogni relativismo.

Pagina dopo pagina, il lettore si troverà inevitabilmente costretto a mettere insieme i vari frammenti, come in un puzzle, e alla fine del libro avrà un'immagine chiara dell'oscura realtà in cui viviamo. Ne sarà felice e appagato perché consapevole!

Gjt

Gianni Tirelli

Caro zombie ti scrivo
così mi distraggo un po'

Edizioni Gulara

Masse alienate

Nei momenti di profonda crisi sociale, le masse si limitano a qualche insulsa e sporadica protesta di piazza ravvivata da retorici e poco convinti slogan di dissenso - una squallida recita dello schiavo, della sua miseria morale, del servo che non può fare a meno del suo padrone, non potendo contare su alcuna capacità, risorsa, e su quella autonomia gestionale e indipendenza mentale e morale che sono i presupposti per attuare un vero cambiamento.

Le masse, per logica e per loro natura, devono essere alternative al potere, e tutti i vari soggetti e le categorie che ne fanno parte devono essere in grado di compattarsi e di ribellarsi qualora il potere abusi della sua carica e dei suoi privilegi per opprimerle, sfruttarle e imporre la sua dispotica volontà.

In realtà questo non accade, ma avviene l'esatto contrario.

Oggi le masse, lontane dalle loro radici naturali, vivono nell'alienazione, nella coercizione tirannica, tale da escludere ogni loro possibilità di reazione. Così i cittadini accettano ogni angheria, ingiustizia, sopruso, prepotenza, prevaricazione, fino al punto di sostenere ed acclamare i loro carnefici ed emularne i comportamenti.

Le masse rappresentano lo stereotipo dell'omologazione realizzata, di una svendita a prezzi di saldo delle responsabilità individuali, della dignità; una rinuncia totale alla propria identità, all'unicità, ai propri talenti, ispirazione e creatività. Le masse, prima ancora dei loro padroni, sono la causa e l'effetto ultimo del disastro sociale, umano e ambientale in atto, relativo a quello stato di completa soggezione che ha permesso e concesso al Sistema Bestia e ai suoi rappresentanti, la libertà di potere espletare liberamente ogni turpitudine, perversione e atrocità.

Per questo motivo non cambierà mai nulla, ma tutto andrà a peggiorare, a sgretolarsi, a finire.

Il sedicente uomo animale sociale, evoluto ed intelligente, è in corsa per pagare il prezzo della sua stupidità, della sua ignoranza, volgarità e presunzione.. e niente oggi è in grado di bloccare quel processo necrofilo di degenerazione della coscienza che terminerà con la fine dell'uomo "insapiens".

Dio è il Karma

Credere in Dio significa credere nel Karma, credere nelle sue leggi, nei suoi principi, valori e punti di riferimento... significa credere in se stessi, considerando l'etica e la bellezza, il terreno di coltura dei nostri atti e comportamenti. La fede non è l'accettazione di un Mistero a noi incomprensibile, non è rivolta a "qualcuno" esterno a noi, a una figura o immagine religiosa, ma è la fiducia che rivolgiamo a noi stessi, l'amore che ci doniamo e che offriamo agli altri attraverso le nostre azioni e pensieri.

Non si prega per intercedere grazie ad un immaginario benefattore che risiede negli alti cieli regnando sul mondo! La preghiera è un mantra, recitato per rafforzare la fede verità che abbiamo in noi stessi. È una disciplina che dona vigore e potenza al nostro spirito, come il movimento e la respirazione rafforzano le nostre difese immunitarie.

Quando preghi, preghi te stesso, quando ami, ami te stesso, quando doni, doni a te stesso. Al contrario, tutto il dolore che infliggiamo agli altri, alla vita, è lo stesso dolore che a tempo debito ci si ritorcerà contro in misura ancora maggiore. La preghiera è una protezione, uno scudo spirituale che ci preserva dagli attacchi inconsulti della nostra mente egoica.

L'ateismo, come la religiosità, sono concetti mentali, il frutto di stratificazioni culturali e ideologiche che abbiamo assorbito dalla società in cui siamo vissuti e viviamo. Entrambi portano ad escludere, ad arroccarsi su convinzioni e convenzioni che non ammettono contraddittorio.

La differenza fra ideale e ideologia è la stessa che esiste fra la poesia e la prosa.

Mentre l'ideale è un atto di fede che libera, è ispirazione, pacificazione, pura poesia, l'ideologia è prosaica, perché non ammette nulla che non sia rigidamente ristretto al perimetro della sua liturgia. È dunque oppressione… la sottomissione volontaria ad una grande menzogna che vuole che ci sia "qualcuno" al di fuori e sopra di noi che giudica i nostri atti, premiandoci per le buone azioni o, nel caso contrario, condannandoci alla dannazione eterna. Noi siamo il giudice, noi siamo l'imputato, e noi i soli a potere decidere per la nostra condanna o per l'assoluzione.

Tutto ciò che è settario, ideologico, tutto ciò che è fanatismo, tifoseria, radicalismo, si esprime fuori dalla verità, nella piena dualità. Dio, la Verità, non è una scelta di natura mentale, razionale speculativa, ma risiede nell'affidarsi al magnetico flusso universale senza opporre alcuna resistenza. Farsi scorrere come foglia sull'onda del fiume della vita.. fino all'immenso delta della beatitudine!

Un uomo perfetto

Ci fu un tempo in cui il mondo era perfetto. Un tempo sospeso a metà fra la terra e il cielo, un tempo dove l'uomo aveva espresso il massimo del suo potere personale, delle sue capacità, doti, virtù, talenti; un uomo in ascolto nel sovrano silenzio.

L'uomo integro del passato non aveva bisogno di costrutti mentali, di risposte, di particolari ragionamenti per portare avanti la sua vita. Era elementare ed essenziale. Si muoveva e decideva sulla spinta di intuizioni, di percezioni, di sensazioni perfettamente in linea con il mondo circostante, come ogni altro animale, perfettamente in sincrono con l'equilibrio universale. Un uomo compiuto che esprimeva alla massima potenza tutto ciò di cui gli era stato fatto dono e che lo rappresentava. Un uomo che agiva nell'infinito, integro, non separato dal mondo, che non si perdeva fra i labirinti della mente, fra ragionamenti complessi, caotici e meandri emozionali, ma un uomo "sottile" per definizione ispirato da intuizioni e percezioni trascendenti. Quest'uomo si espandeva nella spensieratezza e nella gioia di vivere.

Un uomo sempre pronto, in allerta, pragmatico, che aveva sviluppato l'attenzione e l'osservazione, che fiutava l'aria e interpretava i segnali provenienti dalla natura, che interagiva con gli spiriti della terra, delle piante, dell'aria e dell'acqua. Sereno, spensierato e leggero, un uomo in pace, contemplativo e in perenne stato meditativo, libero da ogni dolore psicologico. Per quest'uomo all'apice massimo della sua "evoluzione ascetica", la mente era un semplice uno strumento di controllo: un collaboratore. La sua consapevolezza era totale, i suoi sensi sviluppatissimi - un uomo felice in quanto nato, intelligente in quanto "vedente", vero in quanto etico, che trovava ristoro ai suoi bisogni terreni e spirituali nell'essenzialità e nell'immaginazione creativa. Un animale su due gambe in perfetta armonia con l'universo. La sua mente si limitava ad organizzare, a prevenire; un contenitore dentro il quale venivano codificati gli odori, i suoni, i sapori, i segnali e le atmosfere. Non conosceva il concetto di speranza, non proiettava, vivendo la sua esistenza come un eterno presente. La parola era a lui sconosciuta, ed essendo ispirato, concreto e realista, preferiva la festa, il rito, la devozione e il ringraziamento verso colui, che riteneva il suo Dio creatore e misericordioso. La preghiera interiore era la sola forma di relazione con l'esterno.

L'agenda del cuore

Spesso nella vita, sulla pressione delle nostre paure, ci troviamo a remare contro corrente. Una sofferenza inaudita!

Immaginate dei pesci in un fiume che nuotano in senso opposto al suo scorrere con l'intento di raggiungere la sorgente! È uno sforzo innaturale – rimarranno sempre fermi nello stesso punto con uno spreco di energie tale che li debiliterà profondamente.

In questi casi non esiste altra soluzione che arrendersi, abbandonarsi al flusso, fare tacere la mente, accettare umilmente la nostra condizione, fino a quando il fiume, da tumultuoso, si farà pacifico delta.

Durante questo viaggio apriamo il nostro cuore, ascoltiamo la sua voce, accogliamo le sue suppliche, godiamoci il percorso come una foglia di giunco che danza leggera sulla cresta delle onde.

Presto le nostre paure molleranno la presa, si addolciranno, fino a diradarsi come nuvole al vento di una nuova consapevolezza.

L'inevitabile che è in noi non può essere contrastato, diretto, ma accolto e vissuto con coraggio.

In tutto ciò che non conosciamo e che ci spaventa, che non possiamo contrastare e cambiare, è contenuta una speciale grazia, figlia di una volontà superiore che possiede tutti i requisiti per una pace interiore compiuta. Questo può avvenire solo se liberiamo le nostre paure dalle catene della mente e lasciamo che il cuore detti l'agenda della nostra vita.

Ma quali poveri.. siete stronzi!

Oggi riflettevo sul concetto di "povertà": quella condizione che fin dall'alba dei tempi si determinava per l'impossibilità (in tutto o in parte) di soddisfare i beni di prima necessità (cibo, acqua, fuoco, indumenti) deputati alla sopravvivenza del singolo individuo, del nucleo familiare e della specie.

Questa era una "povertà oggettiva", reale, inopinabile, che non dava addito ad interpretazioni d sorta.

L'uomo moderno della società dei consumi vive una povertà immaginaria, che è percepita tale, non per mancanza di beni primari, ma per l'impossibilità di fare fronte (sotto il profilo meramente economico e psicologico) a tutta quella lunga lista di beni effimeri, superflui e di natura ludica, che il Sistema ci propina a tambur battente in virtù del suo piano di manipolazione e omologazione delle coscienze.

Definirci dunque poveri, quando non siamo in grado di rinunciare al più stupido e inutile dei beni, è un insulto alla miseria; una bestemmia che grida vendetta!

Nel mondo si produce cibo per ipotetici '13 miliardi di individui, quando in realtà la popolazione del pianeta è di soli '7 miliardi. Questo dato spaventoso, sotto il profilo etico, morale e ambientale, si ascrive a paradigma di uno spreco che non trova eguali nella storia del mondo, e ci dice che la metà del cibo in circolazione finisce in discarica; una quantità sufficiente ad alimentare un secondo pianeta Terra.

La povertà è l'impossibilità di potere provvedere ai bisogni primari, mentre oggi voi sareste in grado di rinunciare ad alimentarvi, a curarvi, a rischiare di morire di Covid pur di non mancare la seduta settimanale con l'estetista, all'ora di aerobica, all'abbonamento a Sky, alla vostra cremina antirughe, rassodante, ristrutturante, astringente, dimagrante al vostro cappuccino e cornetto, all'apericena, all'aperitivo, alla partita, alla settimana bianca, al fine settimana in riviera, e al piacere narcisista di apporvi un ulteriore tatuaggio del cazzo sulle chiappe del culo.

No, non siete ancora abbastanza poveri quando ancora sperperate denaro in iPod, iPhone, in slot machine, in ludica e infantile tecnologia, in interventi estetici, in botulino e in acido ialuronico. No, non siete poveri… siete dei vagabondi, dei lavativi, degli psicopatici; un branco di debosciati incapaci di attuare un qualsiasi cambiamento, di rinunciare alla più stupida comodità e abitudine, sempre tesi ad accampare scuse, attenuanti, e ad incolpare il destino, la sfortuna e gli altri dei vostri fallimenti e incapacità. Voi, refrattari ad ogni possibile e salutare cambiamento, sempre pronti a soddisfare dipendenze e debolezze, immaginando così di potere colmare quel vuoto abissale e quell'insoddisfazione cronica che devasta la vostra misera esistenza.

Ma tutto poi torna moltiplicato per mille.

I poveri autentici conservano almeno la dignità che voi, gregge di pecore belanti, avete mercificato con il Sistema a fronte di false promesse di benessere, di comodità invalidanti e di bislacche libertà.

Quando sarete veramente poveri, vorrà dire che avrete rinunciato all'effimero, al superfluo, a ciò che danneggia e deprime la vostra vita e si accanisce il futuro dei vostri figli. E la prova la ricaverò quando l'indice del PIL precipiterà a caduta libera.

Fino a quel momento, ritenetevi solo dei gran "cazzoni", ma non poveri, perché la povertà vera è una cosa seria, una cosa sacra, e non va confusa con la stupidità e la psicopatia compulsiva al consumo.

Questo mondo (per senso di decenza definito "moderno") andrà a finire male, anzi, malissimo, perché la natura degli scopi perseguiti è demoniaca, non avendo tenuto in nessun conto il vero concetto di bene comune, di diritto e di felicità, ma al contrario, facendo "cassa" sull'ottusità e sui lati peggiori di masse di individui lobotomizzati avulsi fa ogni principio etico e fattore spirituale.

Oggi lavorare è un costo che rientra nella voce "uscite"

Il lavoro non paga più, non è più conveniente, sotto ogni punto di vista, che sia la salute, il benessere, il futuro o la felicità. Meglio restarsene in casa ad intagliare un pezzo di legno al caldo di un camino, mentre fuori la pioggia disseta il nostro orto e alimenta il pozzo... finalmente con i nostri figli per restituire loro il tempo dell'amore e dell'attenzione – l'imprinting che modellerà il loro carattere e deciderà le loro scelte future.

E poi basterebbe fare i "conti della serva" per capire che di questi tempi, qualsiasi tipo lavoro è quanto di più stupido, improduttivo, dispendioso e alienante ci possa essere. Sarebbe molto più corretto definire un tale stato di cose, "una schiavitù a piede libero" dove quei pochi spiccioli rimasti al netto delle spese e sacrifici, li avremmo tranquillamente guadagnati in una condizione di totale autonomia e serenità fra le quattro mura di una onorevole casetta di campagna, liberati da ogni effimero consumo e dipendenza.

UN UOMO CHE NON PUO' DISPORRE E DECIDERE DEL SUO TEMPO, E' UN UOMO MORTO!

Ma se non si è in grado di rinunciare a ciò che in realtà non serve, all'effimero, omologati all'interno di un Sistema che alimentiamo quotidianamente in virtù di necessità virtuali indotte dalla propaganda liberista, ogni nostra parola, indignazione e protesta, vanificano ogni buona intenzione.

Se non la smettiamo di ricaricare cellulari, di inoltrare vitalizi alle Pay TV, di rincorrere la tecnologia, di comprare playstation ai nostri mocciosi (rincoglioniti in erba), riempiendo la loro vita di minchiate varie (futuri rifiuti da discarica), ci siamo resi responsabili di quel tracollo morale, etico e umano che farà carta straccia del loro futuro.

Gli individui ben differenziati delle società contadine, proprio in virtù della loro autonomia, disponevano di quel tempo libero (indispensabile e necessario) che dava un senso alla loro esistenza ed era motivo di socializzazione, tradizione, fantasia, pura introspezione e svago. La variabilità del tempo, li costringeva per lunghi periodi ad abbandonare il lavoro dei campi, potendo così concedersi lunghe pause di rigenerante riposo, e in occupazioni manuali/artigianali, fonte di creatività, ispirazione e consapevolezza. Oggi con la moderna cultura liberista ogni più remoto barlume di dignità, di felicità e di buon senso è stato per sempre cancellato. Che valore e senso abbiamo dato al nostro vivere e con quale animo affronteremo in seguito la morte?

Un uomo, costretto a lavorare otto ore ogni giorno (che piova o tiri vento) per quarant'anni della sua vita dentro una fabbrica malsana, caotica e assordante, per miserabili 1000 euro al mese, non solo è un irresponsabile ma uno psicopatico. E questo vale anche per le otto ore svendute di fronte ad un computer, o alla guida di un Tir, o alla cassa di un supermercato.

Questa non è la vita o l'estrema condizione di sopravvivenza ma stato vegetativo. Il tempo e la qualità della nostra esistenza sono i beni più preziosi che abbiamo. Li dobbiamo custodire gelosamente, e nessuno ce li può sottrarre; tanto meno ad un prezzo così alto.

Che valore e senso avremo dato al nostro vivere e con quale animo affronteremo la morte?

Quel processo di semplificazione che ha traghettato l'uomo da un passato industrioso a un presente industriale è miseramente fallito. L'autonomia di un tempo, fonte di libertà e decoro, è degenerata in dipendenza dal Sistema, in schiavitù, e la salutare e appagante fatica dell'uomo contadino, in lavoro meccanico, frustrante e senza dignità. Per tali motivi, l'individuo umano cosciente e responsabile di un tempo, si è involuto in umanoide robotizzato; un automa che si attiene alle regole stereotipate di un libretto di istruzioni che il Sistema gli consegna al momento della sua venuta al mondo. A un tale uomo è negata la felicità.

L'uomo ragionevole muore da uomo, perché la memoria delle sue azioni sia da conforto per tutti quelli che lo hanno amato. L'uomo ragionevole cerca l'autonomia e la libertà in una condizione d'autenticità e di qualità della vita. Diversamente, meglio sarebbe per lui vivere di espedienti e trovare ristoro nel freddo di una baracca di lamiera e cartone, e che fosse la carità a soddisfare i suoi bisogni, e le notti stellate i suoi sogni.

L'uomo di quest'epoca insensata si deve ribellare, e riappropriare dell'unica cosa che è capace di produrre miracoli e in grado di riesumare autentiche passioni e vere motivazioni: la Terra.

La Terra è il vero potere! Il solo padrone al quale possiamo sottometterci serenamente, senza diventarne schiavi e servi, ma ritrovare in Lei l'autentico significato di libertà.

Il Sistema slot machine

Il Sistema che ci manipola nella sua opera di persuasione è esattamente come una slot machine. Se tu persisti a credere alle sue lusinghe e seduzioni, a sfidarlo, a giocare, credendo un giorno o l'altro di potere vincere, sei solo un pazzo! Perderai sempre, fino a ridurti in miseria e in malattia. Il Sistema è programmato per annullarti e derubarti di ogni tua risorsa. Ma se prenderai coscienza di questo, fino a decidere di smettere di giocare, di auto-distruggerti, allora sarai vincitore assoluto della tua vita.

Il Sistema Slot Machine, abbandonato al suo destino, e senza potersi più alimentare, si bloccherà, finirà con l'arrugginirsi, e in breve tempo imploderà su se stesso. Solo così tu sarai libero per sempre.

È colpa vostra

Vi sentite tristi, apatici, frustrati e sfruttati? Vi hanno chiuso in casa.. avete perso il posto di lavoro e non arrivate alla fine del mese? Le banche vi derubano, i politici vi spremono come limoni e l'industria del profitto ad ogni costo avvelena il vostro habitat e contamina il vostro cibo infierendo sulla salute dei vostri figli? Bene! Tutto questo non è colpa del destino, della sfiga.. ma è la logica conseguenza delle vostre azioni e scelte secondo il principio di causa effetto – dove voi siete la principale causa, e la drammatica condizione in cui vivete ne è l'effetto.

Smettetela dunque di lamentarvi, quando non avete mai mosso un dito per cambiare le cose, quando siete i primi a sostenere i vostri carnefici.

Era già tutto previsto..

In verità la gente non ha capito cosa esattamente stia accadendo. Del resto ha sempre vissuto come se tutto fosse normale, acquisito e dovuto, ritenendosi libera, progredita e civilizzata.. nonostante che la loro condizione di salute psicologica, neurologica, spirituale e fisica fosse in perenne stato comatoso. Ciò che sta accadendo è ciò che avevo previsto, scritto e denunciato decenni or sono.. quando bastava aprire gli occhi, la mente, il cuore, attivare le antenne della percezione, il radar dell'intuizione, così da potere interpretare gli oscuri segnali che la terra ci inviava - bastava ascoltare gli allarmanti e sempre più ricorrenti scricchiolii del Sistema, forieri di un'imminente sciagura, le strazianti grida di dolore degli spiriti della terra e di tutte le creature viventi, e prontamente ribellarsi alle menzogne della propaganda mediatica, alla sua opera di manipolazione e di persuasione volta a trasformarci in automi, in schiavi pronti ad accettare qualsiasi imposizione.

Diversamente la gente vive riversa sui propri opportunismi, interessi ed egoismi, e non vede e non ascolta altro se non se stessa, le sue pulsioni mentali, le sue paure, il suo Ego ipertrofico e i morsi dei conflitti delle sue dipendenze.

Oggi non siamo altro che morti che respirano!

Abbiamo costruito un mondo mentale, dove tutto è effimero, fragile, inconsistente, illusorio, separato, dove la licenza divora e corrompe ogni regola e ordine - un mondo destinato ad implodere e consumarsi nel breve tempo.

Un sistema mondo che ha tutte le connotazioni di un inferno, dove ogni gesto è volto alla distruzione, ogni pensiero alla dissoluzione, dove perversione, narcisismo e depravazione hanno modellato e trasfigurato l'originaria natura umana in una bestia satanica assetata di sangue e di dolore.

Ma voi tutto questo non lo vedete perché siete ciechi, non potete ascoltare le strazianti grida di dolore della vostra anima perché siete sordi, né il vostro cuore i lamenti degli spiriti della terra e le loro grida di vendetta. Voi non siete che miseri involucri, cadaveri in putrefazione, figli bastardi del demonio partoriti dalle flatulenze delle sue viscere immonde.

Perché le masse non si ribellano?

Perché le masse non si ribellano? Perché non possono, perché non vogliono. Ci si ribella quando si ha un'alternativa, una sorta di autonomia che ci consente di vivere al di fuori del Sistema, al di fuori di un padrone. Ma nessuno oggi ha questa autonomia, nessuno ha una campagna, un casolare, un orto, un pollaio, una fonte d'acqua, una qualsiasi forma di sostentamento, di auto-sufficienza. Nessuno è in grado di immaginare una realtà diversa e contraria da quella che solitamente vive.. e che persiste a chiamare "NORMALITA'".

Oggi tutto ciò di cui necessitiamo per vivere.. o meglio, per sopravvivere, ci è dato dal Sistema al quale, in cambio, abbiamo ceduto la nostra intera esistenza, la dignità, il futuro dei nostri figli, il nostro tempo, il nostro corpo, la nostra salute, la libertà e ogni residua felicità. Possono mai degli schiavi in catene ribellarsi al loro carnefice? Possono covare odio, disprezzo, vendetta… questo si, ma fino a quando non spezzano le catene nessuna libertà sarà possibile.

Oggi le masse sono state derubate anche di questi sentimenti e strumenti rivoluzionari; non odiano, non disprezzano i loro aguzzini, né tanto meno covano vendetta, ma accettano, subiscono, fino ad abbracciare la loro miserabile condizione come la sola possibile, ineluttabile, e pronti a cercare conforto e pietà fra le braccia dei loro persecutori, qualora il Sistema li minacci di staccare la spina. L'umanità è morta, non esiste! È morta dal momento in cui ogni singolo individuo ha perso la sua unicità, il suo spirito creativo, la sua pace interiore, per omologarsi alle direttive della Bestia Sistema che lo ha sedotto con le sue perversioni e lusinghe, anteponendo un materialismo edonista e distruttivo ai bisogni profondi e salvifici della sua anima.

Tutto va a precipitare, a decomporsi, mentre la paura e il dolore annientano ogni possibile speranza facendoci precipitare dentro il vortice di un vuoto incolmabile.

È la fine…!

L'uomo non più uomo di questo secolo

L'uomo moderno è l'animale più ammalato del pianeta. Un uomo, che diversamente dall'occupare il suo tempo alla pratica della felicità, al contatto con la natura e alla contemplazione della sua bellezza, lo trascorre fra farmacie, laboratori di analisi e pronto soccorso e alla ricerca di presunti sintomi di una presunta patologia, che i vari programmi sulla salute e sulla prevenzione hanno insinuato (come pulce nell'orecchio) nella sua mente oramai completamente desertificata da ogni personalismo, verità, e capacità di un giudizio critico.

Un animale snaturato, braccato dal dubbio, dal conflitto, dalla paura e da un cronico tormento esistenziale, non che dall'incapacità di fondo di fare scelte consapevoli.

Un animale ferito a morte che si è giocato il "fattore istinto" e la primordiale intuizione, immolandosi alle logiche perverse del Sistema Padrone, avendo perduto per sempre le sue strutturali difese immunitarie biopsichiche, la capacità di adattamento, e quello spirito rivoluzionario attraverso il quale, un tempo, era in grado di cambiare e migliorare il corso della storia umana.

L'uomo non più uomo di questo secolo, partorito dal buco del culo di un liberismo deicida (che per semplificazione, ha cancellato ogni scala di valori e principio etico), oggi si erge a paradigma di quel disastro ambientale e barbarie spirituale, che, per un atto dovuto, decreterà la fine della sua apparizione sul pianeta, al fine che tutto si ricomponga dentro quell'equilibrio primigenio, in virtù del quale tutto acquista il suo senso e una logica.

Politica, finanza, media ed economia, sono concetti spenti, morti, strumenti di distrazione di massa che ci allontanano dal vero problema prioritario a tutto il resto: la catastrofe ambientale e la morte spirituale; una circostanza apocalittica che non risparmierà niente e nessuno – l'atto dovuto di una vendetta senza esclusione di colpi, che la terra si appresta a sferrare contro questa umanità idolatra che ha mercificato la sua anima per lo sterco del diavolo.

O si cambia registro o si muore

Questo micidiale virus è veicolato dalla natura per farci ripulire il karma umano collettivo, nella comprensione che la salvezza arriva dalla Madre Terra.

Non passerà molto tempo che dovremo affrontare il problema della fame e dell'approvvigionamento di acqua potabile. Dobbiamo iniziare a produrre cibo partendo dalla terra, dalla forza delle nostre braccia – negli anni a venire la quasi totalità delle fabbriche chiuderà i battenti, e i negozi le saracinesche - la gente si riverserà nelle campagne, nelle valli, nei boschi, lavorando la terra in forma autonoma e autosufficiente.

Se i governi non cominciano fin da ora ad organizzare un piano di riconversione all'agricoltura e a distribuire le terre alla popolazione, allora sarà la fine - d'ora in avanti la spina dorsale della civiltà umana consisterà nel lavoro della terra, e se questa non verrà pianificata, sostenuta, e messa a regime in breve tempo, allora ci saranno grossi problemi.

È basilare, in questo specifico momento e circostanza, sostenere il sistema immunitario attraverso un'alimentazione sana, consapevole, liberata da ogni contaminazione e contraffazione. Così dobbiamo rivedere tutta la nostra alimentazione, attenendoci a regole etiche e alle tradizioni del passato.

Il cibo è Dio. La terra non può più tollerare la carneficina di milioni di creature ridotte in schiavitù per soddisfare la brama necrofila di sangue e di morte dell'uomo di questo secolo nefasto. O si cambia registro o si muore…

Dio è felicità in noi

Dovremmo essere felici per il solo fatto di esistere, di vivere su questa terra, felici per essere i destinatari di un tale privilegio. Donate dunque questa felicità a Dio come grazia per la sua infinità generosità. Questo è ciò che Dio pretende dagli uomini: la loro felicità, e di questa felicità ne fa il suo nutrimento. Quando non siamo felici ci allontaniamo da Dio, e il mondo si oscura. Quando non siamo felici il dolore ci cambia, ci rende vulnerabili, sospettosi, aridi. Il dolore avvelena l'aria di chi ci sta vicino. Il dolore attira le tenebre, chiude il nostro cuore, ci separa, e come il vento del Nord devasta il giardino della nostra anima. La felicità, diversamente, aggrega, dirada ogni nebbia, toglie ogni velo irradiando il mondo di luce e di calore.

Questo mondo alla fine è il prodotto dell'infelicità umana.

Dio non ha bisogno di chiese, di altari, di sacrifici, di martiri, di preghiere e canti di giubilo, ma solo dell'energia prodotta dalla nostra felicità. Tanto gli basta!

Per questo Dio è in noi, per questo tutti noi siamo Dio – per questo la nostra felicità è la sua felicità. Quando parliamo a Dio, parliamo a noi stessi, quando preghiamo Dio preghiamo noi stessi, quando siamo felici, Dio lo è, quando soffriamo, Lui soffre con noi.

Dio muore quando dentro di noi muore l'Amore, ma se noi risorgeremo, Lui risorgerà con noi.

Essere felici è un dovere verso noi stessi e verso Dio; una disciplina incarnata nel nostro cuore. E nonostante le avversità della vita, la felicità deve essere una costante sedimentata dentro la nostra coscienza, un carattere genetico della nostra anima, quella luce che si fa fede, eterna speranza e guarigione.

"Signore, lascia che io ti onori per la vita che mi hai dato facendoti dono della mia felicità".

Recita questo mantra ogni volta che lo desideri, e la grazia scenderà su di te.

Camminavo a piedi nudi

Camminavo a piedi nudi in quei giorni assolati di primavera, non ero che un bambino - attraversavo quell'infinito campo profumato di viole, saltavo fossati di acqua immacolata fino ai margini della fattoria, e un profumo di stalla, di latte e di fieno si mescolavano come fragranza all'odore dell'erba appena tagliata. Dentro quell'atmosfera tersa da ogni contaminazione e dolore, tutto era bellezza, e pace, e armonia. Il mio piccolo cuore pompava goloso l'immensità del cielo e ogni emozione, bagliore e suono si facevano estasi e trascendenza.

E poi arrivarono le fabbriche, e niente fu più come prima. Rumori di ferraglia, stridore di magli e di catene profanarono quel religioso silenzio.. e tutti avevano qualcosa da dire…tutti avevano qualcosa da dire.. tutti avevano sempre qualcosa da dire.

Così, un chiacchierio assordante avvolse il mio piccolo paese per sempre.

Il Nulla avanzava divorando e fagocitando ogni cosa! Il mio infinito prato di viole scomparve sotto un grande centro commerciale, e così il fossato e la fattoria. I canti crepuscolari delle donne furono messi a tacere per sempre, mentre la televisione, imperturbabile, dettava le sue condizioni.

Frigoriferi e lavatrici invasero le cucine, e mobili di truciolato spodestarono i tavoli e le madie di castagno.

E con la TV arrivò la spazzatura, e poi le scorie tossiche, i rifiuti speciali e la discarica, e mentre tutti avevano sempre qualcosa da dire, la bruttezza sferrava il suo colpo finale pianificando e approvando l'idea di un grande inceneritore.

Così il mio piccolo paese era sparito, devastato e stuprato dalla stupidità umana – sterminato di ogni sua bellezza e magia, trasformato in un lugubre cimitero di zombi parlanti, incapaci di amare, di pregare e di gioire.

E presto le mani degli uomini furono incatenate alle ragioni del profitto e del potere, asservite alle logiche di una catena di montaggio – mani umiliate dalla loro funzione primigenia, e degradate ad ammennicolo, costrette a produrre orrore, rifiuti e distruzione - loro, le mani, espressione della nostra volontà, estensione dei nostri desideri, corpo e sostanza dei nostri bisogni, e dei nostri sogni.

Oggi uno spettacolo agghiacciante di scempio e di bruttezza scandisce la nostra quotidianità, e un'inconscia e persistente paura tradisce ogni sentimento di felicità e di amore.

Non troveremo pace in un mondo affollato di mostruosità e di vergogna, né la gioia e l'amore potranno mai davvero abitare il nostro cuore.

Un impulso all'autodistruzione

Il malato di mente cova in se la pulsione inconscia all'autodistruzione… lo stesso vale per il narcisista, per il drogato, per l'assetato di potere, di denaro.. e per tutti coloro che sono dipendenti e schiavi delle loro abitudini, debolezze e dipendenze strutturali. Una categoria di soggetti accomunati dall'incapacità di rinunciare ad alcunché di ciò che ritengono per loro indispensabile, vitale, come tossici alla continua ricerca di quella "dose" che, per un breve lasso ti tempo, li liberi dal loro cronico stato di sofferenza psicologico e disagio esistenziale. E che pur di appagare le loro insane "voglie" sono pronti a rischiare la vita, e mettere in serio pericolo quella degli altri. Il fatto, è che nessuno di noi vince veramente finché non vinciamo tutti!

Oggi sono intere società a soffrire questa patologia degenerativa, dove milioni di individui sono riversi a tempo pieno sui loro miserabili interessi di bottega, preoccupati a coltivare il proprio orticello, a contare i loro profitti, infischiandosene di tutti gli effetti che i loro comportamenti egoici e narcisistici hanno sulla comunità.

Ma oggi nessuno, che siano politici, imprenditori, scienziati, intellettuali o comuni cittadini.. ha davvero compreso la gravità di questa inattesa e drammatica circostanza.. del pericolo assoluto di questa pandemia da Covid.

Pertanto ritengo folle e demenziale un qualsiasi allentamento delle restrizioni, delle regole, dei divieti.. giustificandoli come necessari per dare fiato all'economia, per non privarci delle strenne natalizie e delle ipocrite rappresentazioni volte alla bontà e alla pace nel mondo.. e amenità del genere.

Una scelta, questa, irresponsabile e suicida; un clamoroso "autogol" che pagheremo a caro prezzo; una condizione dalla quale difficilmente se ne uscirà – e confermando così la mia tesi riguardo a quell'impulso di autodistruzione che oggi, proprio come un virus, sta contagiando l'intera umanità.

Dal "grazie a Dio" al "grazie alla Scienza"

In quel tempo, neppure troppo lontano, il mondo era giusto, la terra era prodiga, generosa, pura e incontaminata, e tutti gli uomini sottostavano alle sacre e inderogabili leggi della natura. In quel tempo, dalle alte vette innevate l'acqua scorreva fresca e incontaminata, fino giù alle valli, per dissetare i campi, gli orti, e placare la sete degli uomini – e tutto questo "grazie a Dio".

Poi son arrivati loro, i diavoli in camice bianco travestiti da benefattori, da crocerossine, da guru, convinti di potere compenetrare, svelare e riprodurre il mistero della vita e della creazione attraverso la mente numerica, la logica, la speculazione, la morbosa profanazione.

Oggi, "grazie alla scienza", quest'acqua non esiste più. Quell'acqua benedetta che un tempo purificava, detergeva e guariva, oggi si è fatta vettore di contagio, di malattia, di pandemia e di morte. Quell'acqua che un tempo dissetava e detergeva, oggi sporca, insudicia e avvelena.

Così l'acqua si è fatta commercio, business, arma di ricatto per indurre in schiavitù miliardi individui nel mondo, bomba ecologica di sterminio di massa, letale veleno per tutte le forme di vita e veicolo di patologie autoimmuni, neurodegenerative, tumorali, e disturbi cronici di ogni genere e tipo… e tutto questo grazie alla scienza, alla ricerca scientifica, alla certezza scientifica, a lei.. l'ossimoro degli ossimori.

Dubitare di Dio

Il ragionamento attraverso il quale i molti intendono negare l'esistenza di Dio, si basa sul principio della non evidenza: quell'incapacità di scorgere gli effetti della sua presenza se non attraverso fenomeni tangibili e pragmatici.

Allo stesso modo si potrebbe dubitare dell'esistenza dell'aria, perché non visibile agli occhi, ma ben sapendo che in sua assenza non potremmo sopravvivere. Lo stesso vale per Dio, senza il quale ogni ragionamento è sterile seme, incapace di germogliare, produrre amore, diversità e vita.

L'illusione della normalità

La gente non ha la più pallida idea di quanto devastante sia la "normalità" alla quale tanti, o tutti, auspicano di ritornare. Ed è proprio grazie a quella "normalità" tanto cara alle masse che si è venuta a creare questa inquietante circostanza pandemica, e tante, ancora peggiori, si renderanno palesi a breve. Senza una consapevolezza profonda della realtà e sul significato della vita, ogni nostra scelta è solo un'illusione - lo è ogni nostro gesto e comportamento, ogni parola che esce dalla nostra bocca, ogni empirico ragionamento che la nostra mente ottusa genera a ciclo continuo per riempire l'abissale vuoto della nostra anima defunta. "Normalità" è sinonimo di armonia, di solidarietà e fratellanza, è un concetto che si coniuga con l'etica, con il buon senso, con la salute, è un flusso energetico che si allinea alle inderogabili leggi della natura e dell'universo. "Normalità" significa amore condiviso, condizione di pace e auspicio per un futuro ancora migliore, e dal quale i nostri figli e nipoti potranno attingere tutte quelle risorse e tutti gli strumenti necessari per una vita degna di essere vissuta.. una dote che noi genitori abbiamo l'obbligo e dovere di consegnare loro.

L'Era del Grande Dolore

L'uomo non si è evoluto ma nel tempo si è trasformato in virtù di una grave patologia neuro-degenerativa della coscienza che lo ha condotto a programmare la sua autodistruzione. Un processo rigorosamente mentale, tecno-meccanico, speculativo e opportunista, che ha escluso dai suoi piani l'originaria natura umana e gli scopi a cui era destinata: il raggiungimento della pace interiore e la felicità trascendente.

La teoria dell'evoluzione della specie prospettata da Charles Darwin e sposata in toto dai suoi sostenitori a dogma assoluto, fondamento di conoscenza e parametro di verità, si scontra oggi con una realtà che la sconfessa in ogni suo punto, fino a dovere considerare lo scienziato, un visionario, un mero ciarlatano.

Ciò che è terreno non si evolve ma si trasforma e, di prassi, peggiora la sua condizione. Ciò che si evolve è relativo a tutto ciò che è immateriale, come l'anima, lo spirito, l'intuizione, la percezione, l'ascolto, l'amore. Ma in questo caso, è più corretto parlare di espansione verso i piani più alti della coscienza consapevole. La conoscenza di cui oggi tanto si blatera e si glorifica, ritenendola strumento di evoluzione e di progresso, è di fatto la peggiore delle catastrofi, essendo la risultante di meccanismi rigorosamente meccanici e scientifici. Il concetto di evoluzione, per dirla tutta, deve contenere in se un'intelligenza superiore, una speciale intuizione che prescinda dalle logiche mentali, dai personalismi, dalle manipolazioni e competizioni. Basterebbe buttare uno sguardo disincantato sul mondo che ci circonda per vedere e comprendere che non esiste alcuna "evoluzione", né tanto meno, intelligenza. Al contrario, oggi l'umanità vive dentro la peggiore e più oscura ignoranza, soffocata da un relativismo demoniaco che ha corroso e corrotto ogni identità, individualismo e creatività, e privato l'individuo di ogni capacità di formulare un qualsiasi giudizio critico, in forma oggettiva e consapevole.

Oggi la nostra esistenza è la stessa di un ergastolano costretto a vivere nel buio della sua prigione e a compararsi con le su fredde e luride pareti. Quest'uomo chiacchiera perennemente con se stesso... parla da solo! La sua dissociazione è totale: grida, impreca, per pochi attimi, poi si spegne - a volte si addormenta fra incubi di ogni genere che devastano ogni più recondita parte del suo essere.

I Negri valgono di più!

"È per l'invidia del pene africano che si è scatenato il razzismo contro gli schiavi mandingos in Usa, stuprando le loro donne, salvo poi oggi tentare di acquisirne le caratteristiche esteriori della razza con le abbronzature forzate nei saloni estetici o al mare, con le labbra e i glutei pompati, lo stesso pene, imitandone la voce o la loro camminata dinoccolata e tutto ciò che fa razza negroide, così a parole disprezzata".

Ritenere le persone inferiori sulla base del colore della pelle, oltre che ignorante è demenziale. Se la discriminazione avvenisse sulla base della lunghezza del pene, gli africani trionferebbero su tutti, mentre i popoli padani sarebbero esclusi come non classificabili.

L'odio razziale è la risultante di una particolare/speciale forma di invidia infantile nei confronti di individui diversi da noi, migliori di noi per dignità, per prestanza fisica, virilità, forza, capacità di adattamento, coraggio; è il rifiuto arbitrario derivante dall'incapacità di accettare ciò che non comprendiamo, che non possediamo e che reputiamo in totale antitesi con le nostre abitudini e superiore alle nostre potenzialità ; è l'ignoranza che si fa ideologia, è il complesso di inferiorità che si fa razzismo, eugenetica.

Razzismo, omofobia e xenofobia non sono dunque espressione di una tendenza psicologica, politica o ideologica, legittimata sull'ipotetica e presunta superiorità di una razza, ma tutte derivanti da una forma di lancinante frustrazione e di odio contro chi può vantare una consi-

derevole e riconosciuta lunghezza del pene e la capacità
di soddisfare a pieno i desideri dell'altro sesso.

Da qui ha origine il machismo che intende un'esage-
rata, improbabile e ridicola esibizione di virilità dovuta
alla convinzione che il maschio sia superiore alla femmina; in contraddizione con ciò che sta avvenendo nel
mondo occidentale civilizzato, dove una gran parte degli individui soffre di eiaculazione precoce, di impoten-
za e sterilità. Un maschio agghindato come un vero i-
diota, depilato, tatuato, vecchio e infantile allo stesso
tempo, incapace di sostenere una normale prestazione
sessuale, di avere, non dico una gloriosa, ma dignitosa
erezione, abbastanza lunga da potere dare soddisfazione
e appagamento alla sua controparte.

Questo maschio da teatro degli orrori, ipocondriaco e
paranoico, è oggi incapace di procreare, di eiaculare, di
contenere l'orgasmo, di meravigliarsi, di amare, di baciare, di dare tenerezze e attenzioni. È in questo stato
comatoso che matura l'odio verso il diverso.. e non per
altro!

La fisiognomica perduta

Per una stranezza della vita ho avuto in dote la capacità, o forse il privilegio, di riconoscere l'animo umano attraverso l'osservazione dei gesti, dei tratti del viso e delle sue varie espressioni. È per me una scienza esatta che mi ha evitato non pochi problemi. Questo straordinario dono che ancora conservo e tengo vivo, oggi è totalmente assente nelle persone. Così la gente trae le proprie conclusioni sugli altri da un sentito dire, attraverso giudizi di seconda mano, da un curriculum, da pulsioni emotive, snocciolando critiche e conclusioni come se piovesse e senza alcun fondamento di verità. Di certi personaggi al governo delle regioni del nord Italia potrei scrivere un esaustivo e divertente trattato sulla fisiognomica. Ma sarebbe davvero troppo sprecare del sacro tempo per il nulla eterno. Basta uno sguardo....!

Da tempo la fisiognomica è una scienza bistrattata. Tuttavia basta soffermarsi a riflettere come gli atteggiamenti dei nostri sentimenti incidano sui nostri volti i loro segni nella ripetizione del loro sgorgare liberi e in modo consuetudinario e spesso incontrollabile. Così chi sorride spesso avrà marcate le rughe del sorriso agli angoli della bocca e gli occhi parleranno la lingua dell'ottimismo. Al contrario una bocca all'ingiù, le sopracciglia corrucciate con rughe intermedie potrebbero facilmente essere segni di pensieri e di atteggiamenti mentali negativi.

Tutto ciò a convalida delle sensazioni offerte da quel "sesto senso", di quel dono, di cui parlo all'inizio dell'articolo.

A parte l'ignoranza oramai conclamata che caratterizza i rappresentanti del popolo padano e loro seguaci, c'è anche da dire che sono soggetti particolarmente brutti. Mi azzarderei a dire a volte ripugnanti, stomachevoli. Una scrupolosa indagine lombrosiana (la relazioni tra l'aspetto di una persona e il suo carattere) ci permetterebbe di dedurre i caratteri psicologici, morali, e le possibili tare genetiche che hanno concorso a dare forma a questa singolare razza di primati che contraddice in maniera netta la teoria dell'evoluzione prospettata di Charles Darwin.

Anche il funzionamento dei nostri organi interni lascia segni palesi sul volto. Il nostro modo di pensare, influenza il funzionamento dei nostri organi interni. Una persona rabbiosa e aggressiva che reprime tali sentimenti è facile che soffra di ulcere gastriche dovendo inghiottire spesso "bocconi amari", e avrà marcata sul volto la sua rabbia, per cui sarà atteggiato spesso con gli occhi socchiusi per il disgusto e la bocca con le labbra strizzate. E poi soffrirà di frequenti eruttazioni, manifestazioni esteriori della sua aggressività, che però potranno alleviare la pressione interna che si libera verso l'esterno.

"Masse" come moltitudini di schiavi

Da quando le masse hanno cambiato la loro "destinazione d'uso" passando da contadini autonomi portatori di sapere, a operai di fabbrica al servizio di padroni ignoranti, tutto è andato perso: dall'ancestrale conoscenza, alle tradizioni - la purezza si è fatta contaminazione, la libertà, licenza, e la furbizia intelligenza. L'illusione del benessere è trasfigurata in schiavitù, e ogni residuo di consapevolezza e di dignità è andato perduto per sempre.

Oggi le masse non sono che una folla di umanoidi lobotomizzati dalla propaganda mediatica, ridotti a bestie ammaestrate destinate allo sfruttamento intensivo.

Solo un miracoloso risveglio potrà salvare questa umanità dalla follia e dalla sua fine.

Il concetto di "massa" nasce e si struttura con la rivoluzione industriale, quando i contadini che vivevano in autonomia, in libertà e in salute decisero di abbandonare le loro terre per farsi schiavi alla catena di montaggio nelle fabbriche dei padroni. Da quel momento il mondo non è più stato lo stesso, e tutte le promesse e lusinghe di benessere, di minore lavoro e di libertà per tutti propagandate dal Nuovo Sistema nascente, e che avevano sedotto le società contadine, sono state sistematicamente disattese, rivelandosi il più grande "pacco" nella storia dell'umanità.

Tutto è stato rinnegato, ritrattato… e i contadini di un tempo, da uomini liberi che erano, si sono ritrovati con le pezze al culo, e a dovere elemosinare un lavoro per sopravvivere al peggio, fino a prostituirsi alle perverse richieste dei loro Predatori.

"Massa", in realtà, significa "moltitudine di schiavi"... di zombie asserviti alla direttive del Sistema, significa numeri, macchine... soggetti inoffensivi incapaci di ogni ribellione e di cambiare il corso della storia. In breve, masse di androidi senza una coscienza critica, un'identità, senza un impulso rivoluzionario, che come burattini ubbidiscono agli ordini della più spietata organizzazione per delinquere della storia del mondo: il Capital-liberismo sterminatore, untore, fucina satanica del Maligno dove vengono messe a punto le peggiori aberrazioni, atrocità e crudeltà.

Acqua in bottiglia.. NO!

Solo eccezionalmente compro l'acqua in bottiglia. Mi approvvigiono da sempre di acqua da una sorgente naturale che sgorga direttamente dalla terra, e che si trova a circa 1 km da dove abito. L'acqua che scorre libera va a riempire una vecchia vasca (da noi chiamata "gebia") sulla cui superficie si muovono gli eterotteri, insetti pattinatori, la cui presenza garantisce l'assoluta qualità dell'acqua e l'assenza di qualsiasi contaminante. Se in forma sperimentale riempiste d'acqua una parte della vostra vasca da bagno liberando una decina di questi insetti, nel giro di qualche ora i malcapitati morirebbero. Ma voi di queste cose non sapete nulla, ne ignorate l'esistenza.. per voi questi insetti sono marziani, non immaginate neppure esistano. Sapete tutto della tecnologia, delle sue funzioni, di tutto ciò che di più inutile e dannoso esista al mondo. Ma vagate nel buio più assoluto quando si tratta di vera conoscenza, di voi, di ciò che è essenziale alla vostra vita e per la vostra salute.

Ritornando all'oggetto di questo mio scritto, dovete sapere che tutta l'acqua in bottiglia pubblicizzata dai media e delle sue miracolose proprietà.. non è che acqua di rubinetto, delle peggiori, ma che voi, come zombie, acquistate senza alcuna perplessità... perché "l'ha detto la TV". E questo vale per tutto... ed è il motivo del vostro abbruttimento fisico, psicologico e spirituale.

Diritti o perversioni?

È strabiliante la nostra società "moderna" liberista.. dove tutto è ribaltato, dove l'eccezione si è fatta regola e diritto.. e dove la regola vigente è ridotta a fattore di inciviltà, di ignoranza e di regressione. Robaccia obsoleta, fuori moda!

Un'inedita società la nostra, dove si commemorano, con grande giubilo di tutti, i 50 anni della legge sul divorzio, i 40 dell'aborto, dove si esalta la pratica dell'utero in affitto, del cambio di genere, nella trepidante attesa (speriamo a breve!!) di celebrare una nuova ed esclusiva giornata mondiale per il diritto alla pedofilia, all'incesto… e magari allo stupro! Chissà!

Una società dissociata, malata, che da un lato vanta e ostenta le sue radici cristiane, il suo credo cattolico, mentre dall'altro, opera nella profanazione, nella perversione, nel narcisismo.. in un perenne stato di fornicazione con Satana in persona.

È la società dei grandi paradossi.. che diversamente dallo spingere gli individui all'unità, all'unione, alla comprensione, al perdono, ad affrontare le loro responsabilità etiche e morali, a ricucire e aggiustare i rapporti con gli altri, nel nome di un bene più grande.. al contrario lavora per separare, manipolando la coscienza collettiva facendo leva sui lati peggiori e peggiori istinti delle persone, sdoganando perversioni per diritti, e permissivismo per libertà. In questo modo fa cassa sull'ottusità generale della gente.. la quale, senza rendersene conto, si sta scavando la fossa dove sotterrerà la sua pace, la sua felicità e il futuro dei suoi figli. Divide et impera.

Per quanto mi riguarda potete fare e pensare quello che volete.. la vita è la vostra.. ma da questa fetida fogna di relativismo, nessuno ne uscirà in piedi. Amen..

La giornata mondiale delle api "morte"

Prima sterminano le api e poi si inventano "la giornata mondiale delle Api..." una crocetta sul calendario, immaginando così che le Api possano ritornare in vita. Nel frattempo si lavano la coscienza.

E questo vale per tutto, per "la giornata mondiale della terra" che persistono a distruggere con una sistematicità satanica.. vale per la violenza sulle donne.. per la giornata del cancro, della sclerosi multipla, della malattia mentale, degli abusi sui minori, della fibromialgia, del diabete, contro l'omo-trans-lesbico-fobia, quella dell'autismo, degli ufo, contro i test nucleari, dell'ictus cerebrale, della psoriasi.. etc.. etc.. una per ogni giorno dell'anno.. un quadro raccapricciante delle nostre società in decomposizione più simile ad un cimitero di guerra, dove le parole, le commemorazioni, le celebrazioni e i commiati si sostituiscono ad un'azione pragmatica, ad un intervento risolutivo, a quel necessario e impellente cambiamento, senza il quale, saremo travolti da quel modello socio-economico necrofilo che ci sotterrerà definitivamente.

Ma gli ipocriti, impostori e infami del potere persevereranno nel loro piano distruttivo fino alla fine, sostenuti ed acclamati da masse di zombie, di servi e di schiavi che hanno riposto le loro vite nella mani dei loro aguzzini.

Vaccini d'amore

E se davvero intendete vaccinare i vostri figli e renderli immuni alla sofferenza e al contagio, allora evitate di imbottirli di pattume industriale e di tecnologia invalidante. Diversamente comprate loro un cane, un gatto, o un qualsiasi altro animale, con il quale giocare e interagire. Alimentateli in maniera sana e consapevole, congiunta al movimento all'aria aperta. Motivateli all'azione e imprimete loro la forza di volontà. Portateli a camminare nei boschi, fateli arrampicare sugli alberi, lasciate che si sporchino con la sacra terra della Madre Natura, che si rotolino nei prati, che osservino lo scorrere dell'acqua dei fiumi, che ci si immergano felici, e che le piante dei loro piedi conoscano le asperità del sassi. Fate che rivolgano il loro sguardo al cielo, che si incantino a guardare le stelle, che i loro pensieri si perdano fra gli infiniti spazi del mistero della creazione, e che il loro cuore si apra nudo per accogliere la sorgente incontaminata dell'Amore di Dio.

Drogate i vostri figli di bellezza, perché è la sola dipendenza che li può rendere liberi e proteggere da ogni malattia. E se è necessario, aumentate la dose.

Se davvero volete vaccinare i vostri figli, siatene voi stessi i medici coscienziosi, perché ogni altra cura, oggi, che non sia il vostro amore, li renderà deboli e vulnerabili ad ogni attacco esterno, fino a costringerli a trovare conforto fra le braccia dei loro carnefici.

Questo è il vero dramma

Gli individui moderni non riescono ad immaginare, neppure per un momento, una realtà diversa da quella che quotidianamente conducono. Questo è il vero dramma.. sempre impegnati a pulire casa con intrugli chimici dai nomi più "pittoreschi" e riversare sull'ambiente il loro carico di morte e distruzione - al primo freddo, via con il riscaldamento, a un accenno di caldo, condizionatore a palla. E poi farmaci, pillole di ogni genere, forma e colore, diete , creme, cremine, rassodanti, rigeneranti, snellenti, sbiancanti – una per cagare, un'altra per digerire, una terza per dormire, l'ultima per trombare – infinite pillole contro ogni dolore, fisico, morale e psicologico – integratori, vitamine, proteine, anti-ossidanti, ormoni, estrogeni, antibiotici, beveroni magici, intrugli mortali, costosi, inutili e dannosi - dipendenze e debolezze che caratterizzano l'umanoide moderno senza volontà e consapevolezza immolato al mito della scienza..

Il lavacro poi, sistematico e metodico del loro corpo, si attesta a paradigma di un luridume interiore che nemmeno cento docce al giorno potranno mai detergere. Come bestie ammaestrate girano per ore intorno alla loro gabbia, alla ricerca di quello spazio insperato che metterà fine (almeno per una notte) alla commedia tragi/comica del posteggio -tempo prezioso buttato nel cesso, dopo otto ore di lavoro sacrificate sull'altare di un'esistenza svuotata da ogni autentica gioia, unica per cazzonaggine, nella storia dell'uomo. La loro esistenza è frenetica e sudaticcia. Hanno un aspetto malato e malinconico intervallato da schizzi improvvisi di ilarità, che subito dirada per fare posto ad uno stato depressivo cronico, più consono alla circostanza. Il loro sguardo è allucinato e smarrito, in contrasto con l'abnorme numero di parole che la loro bocca è in grado di emettere senza un vero motivo logico e comprensibile. Parlano di tutto senza dire niente. Hai fatti hanno anteposto le opinioni prese a prestito da qualche affabulatore televisivo o rivista di gossip. Trascorrono la loro vita fra un "gratta e sosta" e un "eco pass".. cappuccino e cornetto farcito di marmellata la mattina, e per pranzo il triste e stomachevole panino finto/vegetariano, accompagnato da una triste mezza bottiglia d'acqua. Unico vero momento di relax, dove finalmente appagati e ristorati si concedono ai succulenti pettegolezzi di uno fra i quotidiani più inutili e stupidi del panorama giornalistico: la Gazzetta dello Sport. È questo, di tutta la giornata, il momento più alto e significativo, dove il piacere di esistere, rasenta le vibrazioni dell'orgasmo sessuale.

Entri sano ed esci povero e malato

Dovete smetterla di frequentare dottori, specialisti e pronto soccorso per cose da nulla, spinti da paranoie volutamente indotte dal Sistema e da programmi di medicina appositamente pianificati a tavolino per terrorizzarvi e costringervi ad una visita di controllo preventiva, che possa rassicurarvi!

Una volta entrati nella spirale, non ne uscirete più, perché loro vi troveranno sicuramente qualcosa che non va - vi instilleranno il dubbio di un'improbabile patologia, prescrivendovi ulteriori accertamenti, analisi, ecografie, Tac, farmaci, e altre diavolerie simili, fino a manipolare a tal punto la vostra paura, da rendervi dipendenti alla loro volontà. In questo modo hanno fatto di voi un investimento sicuro e duraturo, e non esiterete ad assecondare supinamente ogni loro indicazione, fino a sottoporvi a interventi chirurgici per qualcosa che non avete mai avuto, nè mai immaginato, perché oramai totalmente in balia di una circostanza dalla quale non potete più tornare indietro.

Così voi, spennati a dovere e, finalmente "malati", maledirete il giorno in cui (dopo avere visto un programma sulla salute), decideste di consultare un medico per uno dei mille disturbi e dolori che sono fisiologici e di prassi alla natura umana, e che la stessa, avrebbe riassorbito nei modi e nei tempi che le competono.

Sento parlare di consumo eccessivo di farmaci, dei troppi controlli medici, dell'esorbitante spesa sanitaria, e parallelamente ci bombardano quotidianamente di programmi sulla salute e ci spingono al consumo di medicinali. Ci sconvolgono la psiche, trattando delle malattie più improbabili e dei loro infiniti sintomi. Ci hanno reso un branco di ipocondriaci, paranoici, psicopatici, e così ingrassiamo psicologi, psichiatri e manicomi.

Ci convincono che tutto sia dipeso da un trauma infantile e che dopo un migliaio di sedute, riacquisteremo la nostra serenità perduta.

Nel frattempo le multinazionali farmaceutiche ingrassano le loro sporche viscere e la nostra vita si consuma nel bel mezzo di un freddo oceano, fatto di ansie, angosce, e fobie delle più disparate.

I medici di turno incassano la loro miserabile tangente in attesa di un nuovo, inutile, nocivo farmaco da sponsorizzare.

Non curarsi per curarsi

Da molto tempo mettevo in discussione la "medicina ufficiale" in quanto incapace di curare le malattie, al massimo poteva lenire i sintomi apparenti spostandoli su altri organi. Ed è proprio su questo equivoco che si basa tutta la piramide della "medicina della malattia". Se la malattia "A" ha come sintomi - x, y, z -, sopprimendoli si ritiene che il paziente sia guarito. Non interessa che, come conseguenza, si sia sviluppata la malattia "B" con i sintomi - j, k, w - in quanto avremo il farmaco per bloccare anche questi ultimi, e così via. La malattia "B" è solo l'espressione del blocco della malattia "A", cioè di un meccanismo di difesa che l'organismo cerca attraverso una nuova via per disintossicarsi. In definitiva, le malattie non sono altro che sintomi di un'unica malattia: la tossiemia.

Una prima, buona e salutare regola, praticata nei millenni come cura per i nostri quotidiani malesseri, siano essi, dolori articolari, cefalgie, disturbi gastrici, stati influenzali, allergie e affini, consisteva nell'aspettare il decorso della malattia fino al suo naturale esaurimento - "Non curarsi per curarsi".

In questo modo, il nostro organismo (essere cosciente in ogni sua cellula) era in grado di comprendere consapevolmente ogni passaggio dell'iter della malattia e, in virtù di una tecnica connaturata ne memorizzava i motivi e le cause per poi convogliarli nell'infinito bacino della coscienza di base. L'individuo era, prima di ogni cosa, il medico di se stesso che in virtù di un tale potere, era in grado di gestire la sua salute e integrità fisica.

Quella che oggi, in forma strumentale, è definita "la medicina moderna", annichilisce il processo naturale di guarigione, interrompendo il corso della malattia e accanendosi in maniera ossessiva sui sintomi, eludendone le cause. Tutti questi farmaci chimici di sintesi prodotti dalle farmaceutiche mandano in cortocircuito il nostro sistema nervoso e destabilizzano quello immunitario, rendendoli così incapaci di decifrare e codificare la reale natura dei nuovi intrusi e di reagire di conseguenza. A quel punto le nostre difese si arrendono e rinunciano alla loro funzione di lotta contro la malattia! Con l'andare del tempo ogni loro meccanismo di intervento tende ad atrofizzarsi.

Se non ci liberiamo della chimica e dei suoi intrugli diabolici, per dare fondo alle nostre ultime risorse vitali e finalmente, in un moto di vero orgoglio, rovesciamo il tavolo sgombrandolo da tutte le effimere, illusorie, inutili e micidiali menzogne che il sistema ci spaccia al pari di miracolose droghe, avremo perso per sempre la nostra libertà e come schiavi, invalidi e accattoni saremo costretti ad elemosinare conforto, fra le braccia del nostro carnefice.

Evoluzione un cazzo!

Che cos'è l'evoluzione.. cosa significa, a cosa mira? Perché l'uomo si ritiene una forma di vita evoluta rispetto a tutte le altre.. dunque superiore? E sulla base di quale parametro e convinzione? Il vocabolario traduce il significato del verbo "evolversi" nel migliorare la propria condizione di vita, nel progredire rispetto a prima.. raggiungere un livello più alto di consapevolezza tecnica.. e solitamente si tratta di ricerca scientifica, ma nessun riferimento alla felicità, all'armonia e alla salute dell'uomo.

Ma davvero c'è ancora qualche stupido e ottuso che ritiene il mondo di oggi migliore e più progredito di quello passato? Purtroppo si.. sono in tanti.. in troppi!

Così accade che nella classifica stilata a decretare le città più vivibili d'Italia, primeggino le più caotiche ed inquinate. Lo stesso accade con le bandiere blu, assegnate ai tratti di costa di mare che io personalmente non vorrei frequentare neppure da morto. Quale è il metodo, il metro, e i parametri di riferimento che portano a prendere tali decisioni? Ve lo dico io!

Sono i soliti interessi di bottega dei soliti noti.. quelli dell'evoluzione e del "progresso scientifico e tecnologico", che ritengono vivibile e .. tutto ciò che è in linea con l'orrore, con il consumismo di massa, con il divertimento, lo sballo e l'apatia conclamata di masse sedentarie di psicopatici gaudenti che si avviano in direzione del baratro.

Grazie alla scienza "un par di palle"

Loro non ti dicono che devi alzare le difese immunitarie.. né il modo in cui farlo! Fossero matti! Non si premurano a sconsigliarti tutti i cibi e medicinali che possono compromettere il tuo stato di salute, infierire sul tuo sistema immunitario, generare sofferenza fisica e psicologica. No.. loro se ne fottono.. se ne guardano bene.. ti devono tenere in stand by.. né vivere né morire.. tu devi solo acquistare e consumare a vita le loro diavolerie chimiche, i loro vaccini, i loro alimenti dopati, contaminati, cancerogeni.. la loro ingordigia è abissale, la loro etica inesistente.. solo profitti, profitti.. maledetti profitti, potere e impunità.

Sono i diavoli incarnati di questo secolo alla fine dei suoi giorni.. quelli del "grazie alla scienza", quelli della "certezza scientifica".. la certezza certa e provata di tutte le controindicazioni ed effetti collaterali delle loro infernali scoperte.. e dai risultati catastrofici. Sono quelli che ci dicono cosa fare, cosa pensare, cosa dire, cosa scegliere.. in cosa credere e come vivere.

Ma oggi sembra che qualcosa stia cambiando, che gli ottusi si stiano svegliando dal loro letargo.. che comincino a ragionare con la loro testa.. a comprendere che è arrivato il momento di rinunciare alle effimere lusinghe e seduzioni del Sistema Bestia.. ad anteporre la propria felicità e salute a tutto quel Luna Park di minchiate e di illusioni che il Mercato del Grande Malfattore sforna a ciclo continuo.. al solo scopo di incamerare ricchezza sulla pelle dei cittadini.

Dunque.. "grazie alla scienza" un par di palle.. perché se usciremo vivi da questo inferno dovremo solo ringraziare dio.. quel dio che non è fuori, ma dentro di noi, e che abbiamo rinnegato e abiurato per soddisfare i nostri lari peggiori e peggiori istinti.

Poi arriva il conto da pagare che.. ahimè, non siamo più in grado di onorare.

I vaccini killer

Loro affermano di avere la certezza che il vaccino funzioni, ma se ti ammazza, se ti danneggia irreparabilmente, sei tu, poveraccio, che devi dimostrare con prove certe che la causa è dovuta al vaccino. E li sei fottuto! Chi si assume le responsabilità degli effetti e delle controindicazioni relativi alla vaccinazione? Nessuno.. né chi lo approva, né chi lo produce, né chi lo acquista, né chi lo distribuisce. E li sei fottuto! Chi possiede poi tutti quei soldi necessari a pagare per la consulenza di scienziati e ricercatori imparziali, e l'appoggio di avvocati e di testimoni per poterlo dimostrare? Non lo renderanno obbligatorio proprio per questo motivo, sperando, in cuor loro, che la maggioranza dei cittadini, dei fessi, sia disposta volontariamente a farsi iniettare la morte.

Le vaccinazioni sono trattamenti sanitari preventivi. I vaccini vengono inoculati a persone sane, nella ipotesi che prevengano patologie future. Ciò premesso, affermare che un vaccino abbia salvato la vita, anche a una sola persona, è scientificamente una emerita scemenza. Il perché è semplice: quando una persona viene vaccinata è sana, dunque non sta rischiando proprio un bel niente. Se in seguito "non si ammala" o se "non muore" per una malattia, non è scientificamente provabile che la causa sia stata la vaccinazione. Sarebbe come affermare che tal dei tali "non è morto investito da un autobus perché ha detto le preghiere prima di uscire".

Per questa feccia umana al potere non siamo altro che numeri, merce.. limoni da spremere; bestie destinate all'allevamento intensivo, una moltitudine di idioti classificabili esclusivamente sulla base del nostro potere d'acquisto.

Il divino messaggero

Il Covid non è un nemico.. è un messaggero. La prima cosa che ci dice è che siamo un branco di schiavi senza alcuna identità, incapaci di un qualsiasi sussulto di libertà, di creatività e di solidarietà. Ci dice che la tanto decantata globalizzazione è il più grande inganno nella storia dell'umanità, e che globali sono solo gli interessi e i profitti di un ristretto gruppo di diavoli incarnati e rettiliani al governo del mondo. Ci dice che senza etica non può esistere la vita, perché in assenza di principi e di valori l'uomo non è dissimile da una macchina. Ci dice che se non ritorniamo prontamente alla terra, a coltivarla ad amarla, nel totale rispetto delle sacre e inviolabile leggi della natura, allora ogni altra speranza di sopravvivere agli eventi è nulla.

Il messaggero ci vuole informare che la libertà, non solo è un diritto, ma un dovere.. e che su questa terra non possono e non devono esistere padroni predatori che decidono la nostra esistenza, che ci dicono cosa fare, come mangiare, come cagare, come occupare il tempo, come e cosa pensare… come vivere e come morire. Ci dice che dobbiamo recuperare l'autonomia e l'autosufficienza di un tempo, la solidarietà e l'umiltà.. la compassione e la passione, la felicità contenuta nelle piccole cose, e che siamo su questo pianeta come ospiti, come giardinieri coscienziosi, che siamo tutti sulla stessa barca, tutti clandestini, che facciamo parte di un tutto, e che la vita degli altri e di ogni singola creatura vivente ha lo stesso e medesimo valore.

Il messaggero ci dice che ogni violenza, crudeltà e soppraffazione che abbiamo inferto agli altri e all'ambiente ci ritornerà indietro con una potenza mille volte più devastante. Ci dice che l'universo si espande sulla frequenza dell'amore, dell'armonia cosmica, di un equilibrio che niente e nessuno può interrompere, e che per ogni nostro atto e pensiero difforme dal divino progetto della creazione, pagheremo il prezzo della nostra disubbidienza. E sarà la fine.

Il dolore è contagioso

Il dolore condiziona i nostri comportamenti, le scelte e il giudizio. Se quotidianamente soffriamo di mal di testa, vedremo le cose dal punto di vista del nostro mal di testa, dove tutto si fa relativo, e ogni sforzo è impiegato e mirato alla liberazione dallo stato di sofferenza. Ma se pur invalidante, il mal di testa è ben poca cosa rispetto all'incommensurabile livello di dolore che oggi avvolge l'umanità: dolore fisico, psicologico, spirituale ed esistenziale.

Il dolore, in tutte le sue declinazioni, è come un potente virus, e la sua capacità di contagio è oggi ai massimi livelli di sempre. Da che un tempo poteva essere controllato e in gran parte soppresso in virtù di un rapporto stretto, simbiotico, di interscambio con la natura, attraverso la contemplazione della sua bellezza, e da uno stato meditativo intrinseco al lavoro della terra, oggi, essendo venuta meno una tale possibilità, il dolore dilaga a macchia d'olio su tutta l'epidermide sociale, contagiandone ogni anfratto, amplificandosi e riproducendosi come le cellule di un cancro. Tutto questo immenso dolore non è atro che l'effetto generato dalla nostra struttura mentale; un coacervo di tutti gli schemi, nozioni, informazioni, codici, stratificazioni sociali, culturali, ideologiche e religiose che negli ultimi secoli si sono sedimentate dentro di noi alterando e corrompendo l'originaria natura umana.

L'uomo è uno spirito contenuto all'interno di un involucro di materia, e in quanto tale, vive, si evolve, si purifica e si espande intrattenendo rapporti profondi con gli altri spiriti della creazione. Solo così può essere felice, in pace, e in armonia con il Tutto e con il Nulla. Essendo venuto a decadere questo dogma, e avendo riservato ogni altra attenzione e considerazione alla mente duale speculativa, l'uomo ha definitivamente rinunciato ad ogni possibilità di guarigione e di salvezza, e sottoscritto quel contratto capestro con la Bestia che ne ha preteso l'anima e la sua stessa vita.

Il fantasma della libertà

Esiste il principio di responsabilità in base al quale ognuno deve prevedere e farsi carico degli effetti, conseguenze e controindicazioni prodotti dalle sue azioni.

Ho voluto visionare le vignette pubblicate nel tempo sul Charlie Hebdo, e ce ne sono alcune (non poche) dove della satira e dell'iperbole non vi è traccia alcuna, ma sconfinano nell'aggressione, nell'istigazione – in una volontà di ferire sapendo di ferire; un sorta di provocazione spinta ai massimi livelli allo scopo di ottenerne una reazione. Ma poi, haimèe, arriva la risposta... e ti sparano addosso proprio quando, soddisfatto, stavi mostrando la tua vignetta "satirica" ai colleghi divertiti della redazione.

I Media internazionali, tutti uniti in un sol coro, danno fuoco alle polveri della propaganda di regime ottemperando alla loro opera di manipolazione di massa, che vuole gli islamici un branco di psicopatici criminali in cerca di emozioni, mentre l'occidente, le caritatevoli crocerossine di un convento di clausura.

Il principo di causa effetto viene così miseramente cestinato, ritenendosi l'occidente al di sopra di ogni sospetto, critica, responsabilità e presunta colpa, e che dall'alto del suo pulpito insanguinato punta il suo indice accusatorio contro quelle che sono state le vittime da sempre della sua secolare violenza imperialista.

E oggi, dopo i fatti di Parigi e di Nizza, l'occidente finge di piangere i suoi morti, dentro un cordoglio nauseabondo di frasi fatte, di agghiacciante retorica, di un'indignazione scaduta, di un orgoglio e di un amor proprio defunto. Loro, i grandi capi di stato e accoliti asserviti, che come attori navigati interpretano a memoria e per l'ennesima volta, quella tragica farsa scritta con il sacrificio di vittime ignare costrette a pagare il prezzo dell'arroganza e della prepotenza dei loro stessi governanti.

Eccolo l'occidente, l'artefice della tanto acclamata "globalizzazione", dove tutto può circolare liberamente... le armi, la droga, i rifiuti tossici, la prostituzione, la pedofilia, gli organi, il denaro sporco.. tutto, dico tutto, ad eccezione dei diritti umani.

Il falso stupore e la retorica indignazione dei media occidentali sui fatti di Parigi che titolano, "L'Europa colpita al cuore", rasenta la comica. In verità al cuore sono stati colpiti dei giornalisti francesi che hanno giocato con il fuoco sapendo di potersi bruciare ma ritenendola una possibilità remota. Oggi "colpiti al cuore" sono stati ragazzi innocenti, le loro famiglie, gli amici, ignare vittime di un terrorismo armato dallo stesso occidente, che in nome di profitti miliardari calpesta diritti umani, sradica culture e tradizioni ancestrali in una sorta di moderno e ipocrita "colonialismo" oscurato in massa dai Media asserviti.

Del resto, nella civile Europa, la gente ammazza altra gente per molto meno: per una parola di troppo, per un'ingiuria, per gelosia e tradimento, per un posteggio, un sorpasso, una qualsiasi cosa che nulla ha a che vedere con la religione, la politica o la diversa cultura.

Cosa immaginavano i "giornalisti" del Charlie Hebdo, che gliele avrebbero mandate a dire, magari tramite avvocati... una querela per vilipendio e diffamazione all'onorabilità del maestro Maometto e di tutto il popolo islamico?

No, non sono degli eroi! Sono semplicemente degli imbecilli, degli irresponsabili che hanno tirato troppo la corda fino a spezzarla.

Esiste una sorta di codice non scritto che va ben oltre il significato che noi occidentali diamo della "libertà" e che trova le sue ragioni nel senso del limite e nel praticare l'intelligenza e l'etica. Usiamo tropo spesso la parola libertà solo per sciacquarci la bocca, senza conoscerne il suo reale valore e le azioni che la determinano.

"Libertà", una parola astratta, oggi troppo usata e abusata, irrisa e mercificata con la quale l'occidentale liberista sdogana la licenza per tradurla in profitto.

Può esistere libertà senza regole condivise, valori, senza principi etici e l'ottemperanza di tutti alla legge?

Che tipo di libertà è, quella in cui i deboli non ottengono giustizia e ai criminali del potere è concessa ogni attenuante, ogni scappatoia, ogni patteggiamento?

È libertà questa patetica e subdola cultura dell'apparire - l'appiattimento omologante indotto dai Media assoldati ai grandi gruppi di potere?

È forse libertà tutta quella pubblicità cialtrona e menzognera che si scaraventa senza bussare dentro le nostre case, ad ogni ora del giorno e della notte, condita e resa piccante da uno stuolo di baldracche in carriera; suadenti sirene che ci invitano ad acquistare consumare merce di nessun conto, senza un reale motivo, bisogno e necessità?

È libertà quell'infinita gamma di prodotti ogm e di nessuna qualità, dopati, pompati e contraffatti che troviamo sugli scaffali dei super mercati e che giornalmente ingurgitiamo per sopravvivere al peggio?

Sono libertà, la clonazione, la manipolazione, la geo-ingegneria, le scie chimiche, la selvaggia e riluttante pornografia, il traffico di organi, la chirurgia estetica, la pedofilia in rete, il vertiginoso tasso di prostituzione minorile, le morti del sabato sera, l'alcolismo dilagante, le droga di sintesi, la depressione imperante, gli stati di panico e l'angoscia esistenziale dei nostri ragazzi?

È forse libertà la carneficina di tutte quelle specie a-nimale i vegetale che ogni quarto d'ora scompaiono dal nostro pianeta, in forma direttamente proporzionale al numero di scoperte scientifiche?

È questa la libertà che erediterà Sofia, la mia piccola, e tutti i bambini di quel mondo definito civile?

Il Gatto: un maestro spirituale

La mente umana è perennemente al lavoro.. non si riposa e non sta zitta un secondo. Questo persistente chiacchiericcio è causa di stress, sebbene nessuno se ne renda conto. È uno stress freddo che alla prima difficoltà e problema si manifesta in forma di nevrosi, ansia, depressione, paura, e tanto altro.

Gli animali, diversamente, non conoscono questo stato, questa condizione, essendo limitati ad una memoria fotografica. Gli animali sono senza pensiero. Osservate il vostro gatto! Eccolo, comodamente sdraiato su divano del salotto con gli occhi aperti. In quel momento non pensa, non proietta, non ha aspettative, ma semplicemente osserva e incamera immagini. Spesso è in contemplazione, altre volte ammira. Non formula ragionamenti ma vive nella presenza dell'istante. Certo, il gatto come tutti, riposa, ma il più delle volte, quando crediamo stia dormendo, in realtà sta meditando, è in ascolto.

I felini sono i più meditativi fra tutte le specie animali, i più liberi e indipendenti, perché più vicini all'essenza delle cose, al seme originario, e in sintonia e armonia con il flusso universale.

Le civiltà del passato, sapendo di questa loro speciale caratteristica e prerogativa, ne avevano grande rispetto, al punto di essere rappresentati come vere e proprie divinità e maestri spirituali.

Il gatto rappresenta la pace, la quiete, il silenzio, la non dualità, la non mente. Questo assoluto stato di profonda libertà gli consente, all'opposto, di essere attento, vigile, su tutti fronti, pronto all'attacco e alla difesa, qualora se ne presentasse la necessità.. e con una capacità reattiva unica.

L'agilità del gatto e la sua elasticità sono proverbiali. Nessuno è come lui, come proverbiale è la sua apparente indolenza. Queste doppie nature convivono nel gatto in forma complementare, dove l'una alimenta l'altra, in virtù di una sorta di simbiosi energetica, di uno scambio compensativo.

Infierire su un gatto, torturarlo, fino ad ucciderlo, è la cosa peggiore che si possa fare. Il nostro karma ne sarà compromesso, e niente nella nostra vita sarà più come prima.

Tutti noi dovremmo tenere un gatto fra le mura domestiche, come era in uso un tempo, perché è il solo a potere canalizzare le frequenze positive nell'ambiente, assorbendo e metabolizzando quelle negative, oscure, per poi espellerne le scorie attraverso la meditazione e il suo metabolismo sottile.

Il mercato della sete

Basterebbe il dato impressionante relativo alla contaminazione delle acque per fare decadere ogni concetto di società, di civiltà, di progresso, di intelligenza, di giustizia, di libertà e di umanità.

L'acqua è la cartina di tornasole che misura il livello di qualità della nostra vita. Se l'acqua è contaminata, tutto il resto lo è.

Non ci servono psicologi e psichiatri per curare il nostro tormento esistenziale! Abbiamo solo bisogno di acqua e aria pura, di un habitat liberato da ogni intrusione chimica, di etica, di significato di bene comune e, più in generale, di una qualità di vita sostenibile rispettosa della Madre Natura, delle sue regole, e in armonia con tutte le forme di vita.

Oggi se intendi sopravvivere lavorando al chiuso di una delle migliaia di fabbriche fumanti disseminate sul territorio, devi mettere nel conto la possibilità, non più remota, di morire di cancro. La salute come merce di scambio! E lo stesso vale se intendi continuare a bere, a mangiare e a respirare. Una prospettiva che potrebbe apparire fantascientifica e inimmaginabile, se non fosse quella cruda realtà dalla quale non ci possiamo più dissociare, sottrarre e fingere di non vedere.

La quasi totalità degli individui del mondo occidentale industrializzato sono affetti (chi più e chi meno) da un congruo numero di disturbi cronici, di patologie organiche, autoimmuni e neurodegenerative, relative dall'assunzione di cibo e di acqua contaminati, e che i "poverelli" immaginano di potere combattere facendo uso di farmaci (principi attivi) che, per la loro natura, le controindicazione, e gli effetti collaterali, non potranno che acuirne il disagio e la virulenza, vanificando ogni presunta e auspicata guarigione.

Oggi tutta la catena ambientale e alimentare è totalmente compromessa da un'infinita lista di sostanze chimiche cancerogene, prodotte in forma parossistica da altrettante fabbriche che, a fronte di profitti stellari, disperdono sul territorio e nelle acque il loro carico di morte, con la facilità di chi ottempera ad un diritto - e in barba alla salute della gente comune e dell'ecosistema tutto.

Si tratta di antiparassitari, diserbanti, pesticidi, fertilizzanti, neonicotinoidi e di particolari insetticidi a base di isomeri strutturali del gruppo degli idrocarburi alogenati, come l'esaclorocicloesano (BHC), oggi presente in percentuali elevatissime nelle acque di fiumi, laghi e falde.

I crimini contro l'ambiente e la salute dei cittadini vanno condannati attraverso pene esemplari, pragmatiche e senza sconti, proporzionali hai danni provocati, fino alla carcerazione a vita. Diversamente per noi e i nostri figli non ci sarà alcuna speranza di salvezza.

Siamo a un punto di non ritorno, e sentire ancora parlare di "politiche industriali" di crescita e di sviluppo, come la panacea di tutti i mali e soluzione della crisi, mi procura un senso di nausea e di voltastomaco.

Entro pochi anni le società ultra liberiste allo sfascio dovranno fare i conti con la fame e con la sete. La "roba" prodotta dalla Bestia Liberista, non avrà più alcun valore e significato!

Il commercio dell'acqua sarà l'affare degli affari, essendo il dono dei doni, il più nobile degli elementi e il più prezioso dei gioielli.

Nel frattempo i ghiacciai marciscono e si squagliano. Le acque dei fiumi raggiungono il mare con il loro micidiale carico di bombe chimiche, e l'INDUSTRIALESIMO si fotte miliardi di metri cubi di acqua, rendendola inutilizzabile e putrida contaminando le falde più profonde. Terribili guerre feriranno a morte il pianeta, causa la corsa all'approvvigionamento delle ultime riserve idriche. Per i nostri figli si prospetta un futuro di schiavitù.

Il MERCATO DELLA SETE e il suo indotto sono l'ultimo e più grande affare del Sistema Liberista Relativista. Dopo di che, a noi, non resta che pregare, sperando che dall'altra parte ci sia qualcuno ad ascoltarci.

Il mito della socializzazione

Il mito della socializzazione e gli assembramenti di masse di persone in competizione fra loro ha generato sopraffazione, menzogna, delazione e tradimento, invidia, rancore e maldicenza .. ha prodotto inquinamento e contagio, malattie, patologie e pandemie - tutti fattori che nascono, crescono e si diffondono in condizioni di promiscuità, dalla coabitazione spalla a spalla con gli altri, dove tutti sono terrorizzati dalla paura dell'isolamento, dall'incapacità di bastare a se stessi. Si.. gli altri che fingiamo di amare, di capire, di comprendere, e ai quali, a parole, promettiamo aiuto e sostegno, ma che poi nel profondo odiamo, disprezziamo, traendo conforto dalle loro disgrazie e fallimenti.

Queste moltitudini di zombie rappresentano lo snaturamento dell'essere umano, la condivisione del peggio, una degenerazione della sua primordiale natura che li portava all'isolamento, alla contemplazione meditativa, o riuniti in piccoli gruppi, in branchi, e tribù.

Il concetto di massa ha origine con l'industrializzazione, con una visione meccanica e meccanicistica della vita, con il mito della ragione razionale, con l'illusione di un bene comune, di una pace e benessere per tutti. In verità è accaduto l'esatto opposto! L'autonomia e l'autosufficienza che la vita contadina garantiva è trasfigurata in sudditanza e servilismo verso il padrone, il cui fine era l'arricchimento personale, e lo sfruttamento sistematico dell'operario ridotto a schiavo, un tempo libero contadino. Il bene comune si è rivelato una chimera - il promesso benessere è stato seppellito sotto una montagna di contaminanti chimici, di scorie e rifiuti tossici dispersi in ogni dove - e la prima e seconda guerra mondiale hanno definitivamente decretato la fine di ogni speranza di pace.

Tutto questo schifo, che oggi riteniamo, la "normalità", ha così determinato quella catastrofe imminente, umana, ambientale e spirituale, che a breve ci travolgerà come un'onda Tsunami. E dalla quale, tranne rare eccezioni, nessuno sarà risparmiato.

Un principio di autodistruzione

L'atroce sofferenza fisica e psicologica che sta devastando le società moderne consumiste, ha raggiunto livelli tali da avere innescato negli individui un meccanismo di autodistruzione. Individui che fino a ieri sopravvivevano al peggio alimentando le loro dipendenze, eludendo le loro paure, nevrosi e conflitti, attraverso distrazioni di ogni tipo e abitudini strutturali scandite con metodo nella quotidianità, e che non contemplano alcuna eccezione.

Oggi, con le restrizioni a causa del Covid, questi soggetti, incapaci di adattarsi alle regole imposte da una tale circostanza, perdono il controllo, annullano ogni freno inibitorio, ogni buon senso, e come tossici in crisi di astinenza, vagano alla ricerca di quella "dose" giornaliera di "svago e piacere" che possa colmare il loro vuoto esistenziale e liberarli dai morsi di una solitudine depressiva. Questo li porta a mettere a rischio la loro vita.. un rischio che esorcizzano in gruppo.. negando coralmente l'esistenza del pericolo, e addebitando il tutto ad un complotto mirato, organizzato ad arte dai grandi gruppi di potere; un ragionamento meramente egoico indotto dall'ossessione del tossico che, per assenza di volontà e di alternativa, non vuole e non è in grado di rinunciare alla sua "dose" per evitare di precipitare negli abissi della sofferenza. Così si nega una realtà evidente a danno dell'incolumità degli altri. Questo principio di autodistruzione, oggi dilaga a macchia d'olio su tutto il pianeta fino a decretare l'estinzione dell'umanità.

Il rapporto uomo parola nelle società moderne

"La cosa diabolica e straordinaria del Capital liberismo, sta nell'avere prodotto negli individui una depressione profonda, un vuoto incolmabile, illudendoli, parallelamente, di poterlo riempire acquistando e consumando tutti quei beni e prodotti che lo stesso Sistema genera a ritmo continuo e senza sosta".

Nella società contadina preindustriale, il rapporto uomo-natura, uomo-terra, uomo-animale, era totale, passionale e complementare. Ogni individuo esprimeva caratteristiche e individualità differenti, personalismi unici, creatività inimitabili, e sogni, emozioni, intuizioni, atmosfere e mondi diversi - irrepetibili - e straordinarie introspezioni filosofiche, inimmaginabili e senza tempo, tanto che le parole, pur nella loro straordinaria capacità comunicativa ed espressiva, restavano pietre grezze, di fronte all'incommensurabile e trascendente conoscenza immaginifica della ragione primordiale – una visione del mondo incondizionata, senza confini, che nell'accettazione logica della provvisorietà della vita, configurava le ragioni della necessità della morte.

Nel mondo occidentale iper-tecnologico, dove il rapporto uomo/natura, uomo/terra, e uomo/animale è del tutto assente (se non estinto), l'individuo è costretto a confrontarsi sul piano delle parole, delle indicazioni, delle informazioni, dell'identificazione e dei messaggi che l'Organizzazione Sistema distribuisce attraverso la propaganda multimediale e la televisione, senza così potere attingere informazioni, idee e significati, dalla sua esperienza e personale conoscenza.

L'uomo neutro di questo secolo, privo di parametri e di riferimenti oggettivi, ha delegato al Sistema ogni incombenza, qualunque sia la sua natura, esimendosi dalla possibilità di una critica influente, costruttiva, e capace di condizionare e contrastare le sue logiche perverse e le regole liberticide.

Una forma umana ibrida, appiattita su una visione omologata e omologante della realtà, ridotta a copia-incollare idee prese a prestito, e allinearsi alle tendenze e mode di quel momento.

Questo accade perché nessun individuo della società liberista ha una sua storia particolare da raccontare, essendo "la sua storia", la storia di tutti gli altri, che vivono insieme nella stessa gabbia e con a disposizione le stesse e identiche cose e strumenti. Nessuno dunque ha la possibilità di definire una sua personalità e carattere, essendo venuto meno il principio di diversità sul quale si basa l'esistenza di ogni forma di vita. Masse di cloni, dove l'età anagrafica è il solo dato che li differenzia fra loro.

Il linguaggio moderno, pertanto, non è più l'espressione pragmatica di sentimenti, emozioni, percezioni, intuizioni e sensazioni di quel mondo passato variegato di infinite diversità, ma è la ripetizione in serie di codici, di dati e sistemi già scritti da altri. In questo modo, i vari soggetti interagiscono e si confrontano fra loro, anteponendo il linguaggio parlato e scritto, all'analisi individuale e introspettiva del pensiero critico originale. Un contraddittorio "in tempo reale" (come vuole la moda del momento), che trasfigura l'individuo dell'era tecnologica in auto-parlante, prima ancora di essere un soggetto senziente.

Uno straordinario ed inquietante capovolgimento dei meccanismi di auto-conservazione, tipici e caratteriali di quel relativismo etico che oggi, come una nube nera e minacciosa, sovrasta le società occidentali e ne sancisce la loro prossima fine.

Del resto, non è nemmeno tecnicamente pensabile, la sola idea e possibilità che, in un mondo dove tutto è uguale per tutti, qualcuno possa dire, affermare, credere, pensare o imporre qualcosa di diverso, che non sia la copia esatta di una "verità relativa" già esistente.

Credere ancora nell'unicità dell'essere umano, del singolo, come soggetto irrepetibile e non sovrapponibile ad altri, è oggi quella mera illusione, che la dice lunga sull'opera di plagio mentale omologante messa in atto dal Sistema Relativista.

Questa mia, potrebbe apparire una tesi fantascientifica, ma sono decenni che monitorizzo con attenzione e scrupolo l'evolversi degli avvenimenti, riuscendo a ricavare un quadro chiaro e oggettivo della situazione contingente, senza personali coinvolgimenti di sorta. Una speciale capacità, la mia, che esula dalla retorica della superiorità e della presunzione, ma si attesta a dato di fatto incontrovertibile che basa la sua singolarità e la certezza delle sue conclusioni, su una consapevolezza mondata da ogni costrutto pregiudiziale, ideologico, dipendenza e opportunismo.

Il ritorno alla vita

Durante la prima parte della mia vita, niente di tutto ciò che facevo e fantasticavo era collegato e connesso alla mente. La mia mente se ne stava zitta, era in pace, a riposo.. neppure immaginavo potesse esistere: un'amorosa ancella, rispettosa e riservata, delegata al servizio della mia intuizione e percezione. Tutto in me era deciso e spinto da una volontà superiore, trasportato da un flusso energetico universale al quale mi affidavo senza esitazione, come un atto di fede, certo che null'altro al di fuori del mio essere fosse per me degno di così profonda considerazione e di amore.

Mi sentivo di appartenere ad un tutto inscindibile, dove ogni cosa era collegata, complementare all'altra, in un indissolubile processo di simbiosi che ristorava in tempo reale ogni creatura e forma vivente del pianeta Terra. Non avevo aspettative, pretese, non coltivavo sogni, speranze, progetti.. vivevo l'istante in una totale presenza come dentro un infinito viaggio, del quale non conoscevo la destinazione. Tutto questo per me era magia, incantesimo, vita e mistero.. e mi procurava uno stato di eccitamento e di gioia, infiniti.

Poi venne il tempo della modernità, della comunicazione, dei progetti, delle speranze e delle pretese, il tempo delle ideologie, delle tecnologie, della competizione, delle metropoli caotiche e stressanti.. della contaminazione.. il tempo buio delle illusioni. La modernità sfornava a ciclo continuo novità, comodità, mode, nuove tendenze, scoperte ed invenzioni, a pari passo con tutte le controindicazioni e gli effetti collaterali di questo Luna Park della follia di massa.. terreno di coltura di futuribili catastrofi.. dove la mente umana ha espresso il peggio della sua natura dualista, facendo leva sugli istinti più bassi e narcisistici dell'individuo. Un tale stato di cose ha generato ansia, nevrosi, conflitto.. e la Paura, si, la Paura, come un virus pandemico, ha contagiato tutta l'umanità, generando dolore e disperazione.

Così per un lungo periodo mi sono dovuto immergere e sporcare nella fetida fogna del relativismo imperante e pagarne lo scotto in termini di sofferenza psicologica ed esistenziale. Di contro restavo sempre in ascolto di quella parte sottile, profonda e spirituale che da ragazzo aveva alimentato la mia percezione, la mia intuizione, indicandomi sempre la strada giusta da seguire.

Dopo quegli anni di tribolazione, un po' alla volta ho riacquistato la mia vera identità, l'autenticità del mio vivere, ribaltando la mia vita e attuando quel cambiamento di sostanza e di valori che non può prescindere in nessun modo dal rapporto complice con la natura, dal silenzio, dall'ascolto, dall'ispirazione, e da una libertà compiuta nel più profondo della mia anima.

In questa ritrovata dimensione di ritorno alle origini, la mia mente si è acquietata, rassegnata, ritirandosi in buon ordine nelle buie stanze del suo castello di specchi. Oggi la mia percezione è a pieno regime, l'intuizione si è affinata.. la consapevolezza ha espanso i suoi confini oltre i pascoli del concettuale e dell'immaginario psicologico, in direzione degli alti cieli del misticismo. Adesso so che non c'è niente da sapere, niente da capire, niente da volere e da fare. Niente attese, niente aspettative, niente pretese, niente giudizio... niente blocchi energetici,, ma solo fluire, affidarsi allo scorrere dell'eterno flusso, abbandonarsi alla volontà del Mistero come parte essenziale del suo equilibrio.

Il seme della verità

Il sordo non può ascoltare il canto dell'allodola se quel canto non è già germogliato dentro il suo cuore. Per questo l'ignorante non potrà mai raggiungere la verità e la conoscenza del mondo e di se, studiando e leggendo. Tutto questo è mentale, sterile! Dovrà prima cominciare a coltivare il campo del suo spirito, seminare le sue percezioni, intuizioni, passioni e creatività, e a tempo debito raccogliere i dolci frutti del sapere. E solo dopo potrà attingere al sapere degli altri, per confermare le sue verità e ampliarne la visione.

Nessuna verità può essere compresa se il suo seme non è già in noi.

Il Sistema Bestia

Viviamo in un sistema a tal punto marcio e corrotto, che accampa le sue fortune facendo cassa sul dolore della gente. Un sistema che specula sui lati peggiori e più nascosti degli individui per ricavarne profitti. Un sistema che manipola le menti di bambini innocenti costringendoli a scelte dissennate, che distrugge e contamina l'ambiente in forma irreversibile allo scopo di produrre beni inutili, dannosi e creare bisogni inesistenti; un Sistema architettato e programmato in ogni suo punto, e reso operativo da Satana in persona che, a tale scopo, ha assoldato tutti quegli uomini di potere che Lui stesso a scelto e selezionato sulla base della loro predisposizione a delinquere e a mentire. In questo modo intende colpire a morte il cuore della Madre Terra, uccidendo i suoi figli e facendo terra bruciata del creato. Ogni riflessione, contraddittorio ed analisi su questa inopinabile realtà risulta anacronistica, improduttiva e ipocrita.

Il sonno della vita

Si stima che l'uomo trascorra un terzo del suo tempo dormendo, insinuando che lo stato di riposo non corrisponda a vivere. In verità è la dimensione più attinente al significato stesso di esistenza e parallelamente della morte.

A conti fatti, secondo questa teoria, se una persona campa 75 anni dovremmo credere che in realtà ne ha vissuti solo 50.

Ma vivere non significa fare, agire, ma abbandonarsi, affidarsi, meditare, contemplare, osservare creativamente il mondo che ci circonda, incantarsi difronte alla disarmante bellezza della natura, così che ogni cosa si mantenga nel suo stato di purezza originario. Vivere significa scorrere, farsi trasportare da quel flusso energetico costante che traghetta il nostro spirito da una parte all'altra dell'infinito nel suo processo di purificazione. Vivere significa ritornare al seme, per poi farsi albero e frutto della coscienza universale che come un magnete ci attrae verso la sua volontà.

Vivere non è una dimensione di spazio-tempo, non è pensiero giudicante, non è ricerca, pretesa, speranza, non è progresso, né tanto meno evoluzione. Vivere è condizione di riposo, stato di sogno, momento di silenzio, dove tutto è equilibrio, armonia, pacificazione.

L'esatto contrario della nostra realtà odierna, pregna di mostruosità, di dolore, conflitto e malattia, dove tutto è volto alla distruzione, alla degenerazione, alla perversione, e l'orrore dilaga a macchia d'olio contaminando ogni spazio di cielo e anfratto di vita, avvolgendo l'umanità dentro le tenebre dell'odio.

Ah… se gli uomini avessero dormito di più e agito di meno, quanto dolore avrebbero risparmiato a questa terra e ai loro figli!

Io tu e gli altri

Dobbiamo andare oltre il ragionamento tecnico, la speculazione, lo slogan, il giudizio e il sarcasmo, prediligendo la metafora, l'aforisma e l'ascolto, così da non impantanarci in grappoli di parole che, per loro natura, hanno un intrinseco significato opportunistico, contraddittorio, e quindi mentale speculativo.

Così mi nutro di fatti e di sostanza, per concentrarmi esclusivamente sulle mie ragioni, sensazioni e percezioni - verificandole sulla mia pelle, attraverso la mia anima, al netto di ogni pregiudizio, debolezza, paura, attenuante e personalismo.

Ritengo un atteggiamento servile, l'esercizio volto a mitizzare una qualsiasi cosa, contesto, e persona. Sono più propenso a confrontare le mie verità con quelle degli altri, sempre pronto, se fosse necessario, a metterle in discussione e a cambiare idea. È questo il solo modo per espandere la propria consapevolezza e sviluppare la capacità di discernimento.. l'ascolto!

E un giorno arriveremo a comprendere nel profondo che non siamo niente, che abbiamo trascorso una vita intera a cercare di essere qualcosa, qualcuno, di raggiungere un obbiettivo, inconsapevoli di ciò che già eravamo, della nostra unicità, attratti e ipnotizzati da tutte quelle illusioni e seduzioni che hanno offuscato il vero scopo dell'esistenza, il suo autentico significato - un immaginario psicologico e concettuale che si è tradotto in sofferenza, paura e conflitto.

La ricerca della verità è un bisogno ineludibile, una passione che prescinde da ogni interesse terreno, culturale, psicologico ed esistenziale - la sola realtà capace di fare chiarezza e dare risposte ai nostri interrogativi.. un senso al nostro esistere, al nostro vivere.

L'accusa di egocentrismo che a volte mi viene addebitata, non è che la trasposizione simbolica, involontaria e inconscia di una serie di conclusioni personali che la gente ha già codificato dentro di se come verità assolute e imprescindibili.

Dobbiamo comprendere che il cammino verso la conoscenza di sé e del mondo è lungo, impervio e lastricato di contraddizioni, anche se straordinariamente eccitante e appagante.

Sconfinando al di là, delle parole, comprendo perfettamente il senso delle polemiche delle critiche che mi sono rivolte, ma è mio compito e dovere di "stimolare" l'intelligenza, l'intuizione, il buon senso, per non lasciare che tutto naufraghi in un mare troppo piccolo e lontano da ogni grande orizzonte.

E se la nostra volontà è, e sarà forte, e il nostro comune amore per la verità è puro e incontaminato, allora un giorno cammineremo insieme, io, tu e gli altri, lungo quell'infinito viale che conduce alle soglie della verità trascendente.

L'apparire

L'apparire, diversamente dall'essere, comporta uno sforzo innaturale, un impiego incredibile di energie. È un lavoro continuo, a tempo pieno, stressante, dai risultati inesistenti, e i cui effetti sulla nostra psiche e salute sono disastrosi. Così appari ciò che non sei per paura del giudizio di masse di androidi che non sono quello che sono. Una condizione di vita che va otre la follia per collocarsi in uno stato vegetativo più simile alla morte.

L'autonomia perduta

Pensavate che lavorare sotto padrone fosse più conveniente, meno faticoso, che avreste avuto più tempo libero, più soldi, benessere e felicità. E invece guardatevi, vi siete ridotti a schiavi, a servi, a numeri. Avete svenduto e abbandonato le vostre terre, i campi, gli orti, i casolari, gli armenti, e perduto per sempre la vostra autonomia, l'autosufficienza, la forza di volontà; quella speciale condizione che un tempo rendeva l'uomo libero, responsabile e in pace, immune da ogni contagio. E che di questi tempi, tempi bui.. avrebbe fatto molto comodo a tutti!

L'autonomia è quel dono divino che andava tutelato e preservato come il più prezioso dei tesori. Ma voi lo avete barattato con il Sistema Bestia in cambio di lusinghe, di chimere, di effimere libertà, costringendo i vostri figli all'elemosina, fino a prostituirsi, fino a mercificare la dignità e la propria anima per una boccata di ossigeno.

Oggi siete costretti a mangiare cibo contaminato che i vostri padroni producono in serie nei loro laboratori di morte.. siete costretti a bere acqua sporca, a respirare aria tossica, dentro uno stato di dipendenza psicologica che non ha precedenti nella storia dell'umanità.

Siete morti viventi, cadaveri ambulanti, malati e depressi, vuoti a perdere nell'immenso oceano del relativismo. Ogni altro tentativo di ribellione e di protesta non è che la prova provata della vostra conclamata stupidità. E chi è causa del proprio male pianga se stesso!

È invece giunto il momento di rinunciare a tutto ciò che è effimero, illusorio, alle subdole seduzioni e dipendenze che alimentano la Bestia Sistema e dissanguano la vostra esistenza.

È giunto il momento di virare la prua in direzione dello spirito cosciente, cenacolo di etica e di verità, in totale sottomissione alle leggi della natura. E se non farete questo, l'ira della Madre Terra si abbatterà su di voi per essere scaraventati dentro la più abissale delle solitudini, fino a desiderare la morte come ultima e sola ragione al vostro dolore .

L'effetto dei nostri pensieri

Tutte le nostre paure, conflitti, disagio esistenziale e forme depressive, non sono che l'effetto dei nostri pensieri che si divertono a proiettare immagini, atmosfere, stati d'animo, passati e futuribili, creando un velo fra noi e la realtà oggettiva. È come se guardassimo il mondo dall'interno di un cubetto di ghiaccio dentro il quale ci siamo volontariamente rinchiusi. Questi pensieri sono generati dal sadico piacere della nostra mente di infliggerci dolore, un dolore del quale la stessa mente si alimenta senza sosta per accrescere il suo potere e tenerci sotto scacco. Una libertà che abbiamo concesso al nostro peggiore nemico di poterci torturare a suo piacere.. e alla quale ci appelliamo nei momenti di disperazione.. fino al punto di trovare conforto fra le braccia del nostro carnefice.

In verità i pensieri sono inconsistenti, non hanno né corpo, né sostanza, sono fantasmi, spauracchi del nostro subconscio…. e basterebbe non considerarli… perché quel velo che ci impedisce di vedere la bellezza della vita e la sua intrinseca gioia, magicamente si dissolva.

I pensieri non hanno alcuna forza.. siamo noi ad imprimere loro quel dinamismo che abbiamo generato attraverso la nostra paura. I pensieri non sono, che bolle di sapone!

Per sconfiggerli ci vuole un allenamento costante, lo stesso che si attua per una qualsiasi altra disciplina. Ma alla base di tutto questo è determinante avere la profonda consapevolezza della provvisorietà della vita e della necessità della morte.

L'immaginario psicologico e lo stupidario concettuale, sono alla base della nostra sofferenza.

L'Era della consapevolezza

Possiamo credere davvero che il valore della vita di un uomo sia da attribuirsi al suo stato sociale, alla ricchezza accumulata, al suo potere, alla razza, al suo credo? Queste sono tutte scemenze! Non c'è alcuna sacralità in questa lista della spesa. Sono solo concetti, schemi mentali acquisiti dall'opera di imbarbarimento pianificata da una società materialista ed edonista che rifugge ed elimina ogni sacro valore etico e umano, per meglio commerciare e vendere la sua illusoria mercanzia, senza intralci di ordine morale e spirituale.

Il pungente dolore psicologico che devasta la vita degli individui delle società consumistiche, nasce da una tale visione del mondo che considera l'esistenza, un "mercato" dove acquistare e consumare in tempo reale ogni cosa, per soddisfare e placare i morsi delle dipendenze, riempire l'abissale vuoto della solitudine e attenuare lo sconforto degli stati depressivi. Ma così non si va da nessuna parte.. se non acuire il nostro disagio e tormento esistenziale, e scavare la fossa dentro la quale seppellire gli ultimi brandelli della nostra anima.

Il tempo degli egoismi e del narcisismo è giunto alla FINE.. siamo all'alba di una nuova rinascita che segna l'arrivo di una luminosa primavera che farà transitare l'umanità dentro la stagione dello spirito: l'Era della consapevolezza e della fratellanza. L'Era dell'amore cosciente - l'Era dell'Acquario.

L'incantatrice

Nacque bella, luminosa ed intrigante. I tanti di allora ne rimasero affascinati, e tutti, nessuno escluso, coltivavano nel loro cuore un desiderio incontenibile di guardarla. Il tempo passava e il suo splendore era tale da offuscare la luce del sole. Presto, tutti gli uomini del mondo poterono vederla, ammirarla.. e l'umanità se ne innamorò. I suoi modi e le sue maniere erano irreprensibili, e la sua grazia disarmante. Aveva ricevuto un'educazione severa ma priva di imposizioni, così da non prevaricare mai i limiti del buon senso e dell'etica.

La sua voce era sommessa e rincuorante, e il suo dire era così chiaro e netto, da non dare luogo ad interpretazioni diverse da ciò che aveva in animo. Il suo cuore era trasparente, e il suo sorriso conciliante. La sua vita trascorreva serena. Amava parlare con tutti, del presente e del passato; prevedeva il futuro e lo descriveva con tanta dovizia di particolari, da lasciare tutti a bocca aperta. L'umanità tutta la acclamò come una dea mandata dal cielo, portatrice di speranza, di gioia e di fratellanza.

La giovane Dea cantava, rideva, e faceva sognare. La solitudine del mondo sembrava essere stata sconfitta, e gioia e spensieratezza riempivano i vuoti dell'umana esistenza.

Il padre padrone era alquanto fiero della sua preziosa creatura, certo del suo rigore morale, in virtù di tutti i principi e valori umani, che le erano stati trasmessi dopo una vita passata a lottare per la libertà.

Con il trascorrere del tempo, la piccola Dea divenne donna, e la sua magnificenza fu totale. Fu proprio allora, che il padre si ammalò gravemente, lasciando la figlia nel più profondo smarrimento.

Un giorno, un ometto calvo, dalle grandi orecchie, travestito da frate e dall'atteggiamento alquanto curioso, venne a far visita al padre al moribondo che, nel frattempo, aveva perso il lume della ragione. *"Se sono ridotto in questo stato, è solo colpa tua:"* diceva rivolgendosi alla figlia : *"Per la tua vanità hai distrutto la mia vita. Vattene per sempre, che io possa così ritornare a vivere.. che il cielo ti maledica"*. Il finto frate si affrettò a calmarlo, e promise al vecchio padre che si sarebbe preso cura della bellissima figlia. Ma sotto le vesti di quello strano servitore di Dio si nascondeva, ahimé, un ricco mercante, analfabeta e senza scrupoli che, in breve tempo, trasformò la casta donna in una femmina volgare, bugiarda, viziosa e senza vergogna. Ogni valore, ogni principio, ogni barlume di dignità, erano stati per sempre cancellati dal cuore e dall'anima di quella donna, un tempo Dea. *"Ecco la mia creatura"* gridava alla gente il piccolo frate impostore. *"Cribbio.. mi si consenta.. "* esclamò il frate – *" Io le ho donato la ragione, la preveggenza e il potere; se cercavate la libertà, la felicità, il piacere, eccovi accontentati; lei vi darà tutto questo, e niente in cambio chiederà – guardatela, ammiratela, amatela, lei veglierà su di voi, e darà vita ai vostri sogni e desideri"* - La platea ammutolì! per un istante infinito il tempo sembrava essersi fermato. Poi, fra le schiere dei più miserabili, qualcuno gridò a gran voce.. *"Siiiii, facci sognare; Nuda! Nuda! Nuda! Nuda!"*.

Al grido di "nuda, nuda" si unirono le fila degli ignoranti, e poi quelle dei vagabondi, dei cornuti, degli usurai - e poi le fila dei borghesi benpensanti, dei mercanti, dei religiosi, dei servi e degli schiavi – E alla fine, tutti, in una sorta di delirio perverso - come le anime perse di un girone infernale, in un corale e disgustoso vociare, fra schiamazzi, turpitudini, sghignazzi e battiti di mano - alla fine, tutti, consacrarono la nuova Dea all'invocazione di.. *"Nuda! Nuda!"*. Quella bellissima donna, molto lentamente si liberò delle poche vesti che avvolgevano il suo splendido, avvenente corpo e, quando fu completamente nuda, si concesse alle turpi voglie della folla farneticante.

Il giorno seguente il mondo non era più lo stesso, e tutto divenne follia.

La TV commerciale aveva così per sempre scalzato la democrazia, schiacciando l'umanità sotto il peso del suo potere necrofilo ed assoluto.

Il relativismo si era insediato fra le sinapsi di ogni cervello.. e ciò che accadde poi è storia recente.

L'orgasmo della morte

L'orgasmo è uno stato di morte che genera la vita. Che l'universo sia l'effetto del Big Bang è un'ipotesi ridicola, non sta in piedi. L'universo è la rappresentazione plastica del turbinio incessante di un orgasmo cosmico che ha originato la vita. Un'eterna replica del processo di vita e di morte, del tutto e del nulla, in una perenne trasformazione delle circostanze, dei modi, dei tempi, dell'intensità e degli effetti con cui i fenomeni si realizzano.

Il desiderio sessuale è quell'impulso che innesca il meccanismo di eccitazione, e che in seguito ci conduce all'orgasmo; quello stato di estasi -del tempo di una manciata di secondi- che l'uomo ritiene essere la massima espressione del piacere e lo scopo ultimo di ogni suo progetto e aspirazione.

Ogni individuo della terra, in modi diversi e personalizzati, è proiettato all'appagamento di questa ebrezza, ritenendola prioritaria ad ogni altro fattore di gioia.

Possiamo provare piacere attraverso l'assunzione di cibo, attraverso l'uso di droghe, per via di traguardi e scopi raggiunti, per cariche di potere, per avere accumulato denaro, e comprendere tecnicamente i meccanismi che hanno concorso alla loro realizzazione.

L'orgasmo, diversamente, e per la sua natura non decifrabile, criptica, è imponderabile nell'analisi volta svelarne la sostanza e quegli elementi misteriosi racchiusi in se e che lo determinano.

Da punto di vista di una ricerca mentale logico-razionale, la questione sembrerebbe irrisolvibile. Ma se avessimo la capacità di dare spazio e forza alla più profonda percezione, all'intuizione trascendente, arriveremo a comprendere, con certezza scientifica (la scienza dello spirito), che l'orgasmo sessuale non è altro che uno stato di morte, dove tutto si annulla, si fa inesistente. Dove ogni legame e contatto con il mondo, che sia emotivo, emozionale, psicologico, sensoriale ed esistenziale, si blocca, svanisce, per dare corso a quell'estasi (l'orgasmo) che solo in una condizione di NULLA è possibile assaporare e godere.

L'orgasmo dunque è quel breve spazio temporale di passaggio fra la vita e la morte, dove l'essere e il non essere, separazione e unità, relativo e assoluto si incontrano, si mescolano per poi annientarsi.

L'origine della paura della morte

Nell'uomo, la paura della morte è di origine mentale. Gli animali non la conoscono.. sono guidati da uno spirito di sopravvivenza deputato alla conservazione della specie. Gli animali, dunque, non hanno una mente, ma solo una memoria fotografica, essenziale, elementare, volta a soddisfare le loro necessità e i bisogni primari.

La paura della morte che si è generata nell'uomo, è dovuta all'effetto di un trauma spaventoso, ben oltre la sua capacità di assorbire il colpo, e dovuto a circostanze a noi misteriose, databili alcuni milioni di anni fa. Un evento talmente straordinario da avere prodotto nell'uomo animale delle origini quello stato di coscienza degenerativo (fattore innaturale), che nel tempo e nei millenni ha dato origine a quell'entità subdola e conflittuale che oggi conosciamo come la MENTE.. prima responsabile di tutti i disastri, tragedie e genocidi di questo ultimo secolo.

In sintesi, la mente umana non è che il prodotto di un'incontrollata paura primordiale fattasi esistenziale.

Non è inoltre da scartare l'ipotesi, per niente remota, che la mente umana sia il prodotto dell'effetto di un'infezione/infiammazione virale provocata da un patogeno proveniente da fuori, liberatosi probabilmente dall'impatto di un meteorite precipitata sulla terra in illo tempore. E che avrebbe provocato la scomparsa dei dinosauri.. e di tanto altro.

A questo punto dovremmo domandarci per quale motivo tutte le discipline e dottrine orientali conosciute e tramandate nei secoli, abbiano come fine ultimo del loro insegnamento, il superamento della funzione mentale, ritenendola un nemico da sconfiggere, e la sola condizione in grado di restituire all'individuo quella pace , gioia di vivere ed equilibrio presenti e connaturati nell'uomo-animale al momento della sua comparsa sulla terra.

La menzogna, il narcisismo, la guerra, la mistificazione, la manipolazione, la contraffazione, la contaminazione, il potere, l'avidità, la crudeltà, la perversione.. come il diritto, la libertà, l'uguaglianza, la solidarietà, la dignità, la fede... etc, sono tutte espressione di meccanismi mentali basati su un pensiero speculativo duale, che per definizione porta a decidere e scegliere per il peggio, per ciò che genera dolore e paura, che distrugge e uccide, in netta antitesi con le imperturbabili leggi che regolano il flusso universale, dove tutto si espande e si armonizza oltre ogni pensiero e concetto di bene e di male, di superiore e di inferiore, di passato e di futuro, ma ogni cosa esiste, e ha un senso (proprio e di insieme), nell'eterno istante di un infinito presente.

L'ossigeno fattore di espansione spirituale

Le piante in genere, di qualsiasi specie siano, rappresentano le varie forme attraverso le quali l'acqua si esprime. Dove c'è acqua - poca o tanta che sia - prende forma una specie vegetale, trasformando ciò che prima era sterile in fecondo e l'inanimato in energia. Tutta la flora terrestre, dagli organismi erbacei fino alle maestose sequoie della Sierra Nevada, partecipa al grande respiro del pianeta terra nelle sue due fasi: inspirazione, il giorno, espirazione, la notte.

Se snaturiamo il respiro della terra alterando l'equilibrio fra le due fasi, tutto il sistema va in affanno fino al punto di collassare. A tanta produzione di ossigeno, corrisponde un'altrettanta emissione di anidride carbonica nell'atmosfera.

Di questi tempi, mala tempora, la deforestazione selvaggia, la cementificazione, desertificazione, incendi e manipolazione climatica, hanno ridotto la percentuale di ossigeno nell'aria ai minimi di sempre, mentre, in controtendenza, l'anidride carbonica, metano, trifluoruro di azoto, e tanti altri gas immessi nell'atmosfera dalle attività umane, sono a livelli tali da ritenere realistica l'ipotesi di un prossimo evento apocalittico.

Se non respiriamo ossigeno puro e in quantità adeguate, necessarie al corretto mantenimento della nostra struttura psicofisica, rischiamo di innescare un cortocircuito devastante dalle conseguenze traumatiche a livello di tutti gli organi del nostro corpo.

L'ossigeno, oltre ad alimentare e rigenerare le cellule del cervello, neuroni e sinapsi, e a mantenere puliti, liberi e ampi gli spazi che le separano fra loro (così che tutti i segnali provenienti da fuori e da dentro scorrano fluidi e trasparenti), l'ossigeno, dicevo, agisce sulla parte di noi più sottile, sulla sfera spirituale, corroborando le energie creative e la percezione, creando le condizioni per una consapevolezza superiore che va ben oltre i desideri terreni e gli attaccamenti. E non è un caso che l'ascetismo venga praticato in luoghi immersi nella natura, dove l'ossigeno, il silenzio e la bellezza si fanno fattori imprescindibili per una vera elevazione animica e amplificatori dello stato di coscienza. Pertanto l'ossigeno non è semplicemente un gas, una formula chimica, ma elemento di natura metafisica deputato alla comprensione del soprannaturale.

Oggi, proprio per la scarsità di questo nobile e vitale elemento, le cellule del cervello si vanno via, via atrofizzando, necrotizzando, e gli spazi fra loro si riducono in maniera allarmante. Questo comporta che con il passare del tempo e con sempre meno ossigeno a disposizione, tutte le cellule del cervello tendano a saldarsi fra loro in un unico blocco alla disperata ricerca di questo elemento/alimento, senza il quale il nostro sistema neurologico rischia di impazzire. Gli effetti di questo processo innaturale sulla vita degli uomini sono già presenti ed evidenti in tutta la loro gravità e livello di sofferenza.

Gli spazi intercellulari e intermolecolari rappresentano la parte spirituale dell'essere, e al loro graduale ridimensionarsi, corrisponde una visione sempre più materialistica del mondo. Del resto, l'espansione spirituale consiste in quel processo teso a distanziare i fattori biologici l'uno dall'altro, per ricavarsi uno spazio sempre più ampio. Un pianeta che ruota nelle vicinanze del sole rispetto ad altri molto più distanti, è sottoposto ad una maggiore forza di gravità – di attrazione – dove gli spazi intermolecolari saranno ridottissimi rendendolo inanimato, "grossolano". Più ci allontaniamo da un campo gravitazionale, più gli spazi avranno il sopravvento sulla materia creando una condizione eterica. La nostra Terra è posizionata a metà fra questi due estremi, in una condizione ideale che fa coesistere spirito e materia con l'effetto di quella dolorosa dualità che si esprime nel perenne conflitto fra il bene e il male. La spinta propulsiva dell'uomo è diretta verso l'esterno, e tutto ciò che interviene a contrastare e impedire questo movimento ascendente, è causa di dolore.

Con meno ossigeno rispetto alla percentuale che necessita per mantenere in equilibrio il nostro campo energetico, si assottiglia drammaticamente la nostra primordiale capacità di discernimento, la forza di volontà si esaurisce, disordini psichici, nevrosi e stati di paura tendono ad accanirsi sulla nostra esistenza, facendo emergere, come in una sorta di ribellione compensativa, i nostri peggiori istinti e lati. Tutto questo conduce ad un penoso smarrimento, annichilendo ogni fattore di consapevolezza, e quindi ogni oggettiva facoltà di scelta. In questo modo abbiamo spalancato le porte di quel gelatinoso limbo di relativismo dentro il quale l'umanità verrà risucchiata.

La mancanza di ossigeno compromette come prima cosa le funzioni cerebrali per poi danneggiare e pregiudicare l'attività di tutti gli altri organi. Ed è proprio nelle caotiche metropoli industrializzate che si riscontra il maggior numero di individui colpiti da problematiche psicologiche, neurologiche ed esistenziali. Tutte queste patologie sono in crescita esponenziale, e la sola cura esistente non corrisponde a dosi di psicofarmaci, ma alla determinazione di abbandonare il luogo della tortura e riparare fra le caritatevoli braccia della madre natura.

La bellezza, la salute e la gioia sono l'effetto di una respirazione sana e profonda, dove la qualità e la quantità di ossigeno soddisfano le necessità del nostro essere in tutte le sue manifestazioni. L'aria che respiriamo è il fattore X per un buono stato di salute e un consapevole percorso di guarigione. L'ambiente in cui viviamo e la qualità dell'aria, sono il naturale terreno di cultura della felicità, perché intrinsecamente ne possiedono le soluzioni ideali, e quel processo alchemico di natura trascendente, in grado di produrre le condizioni favorevoli alla sua realizzazione.

Cervello e mente sono due soggetti distinti, separati fra loro. Il primo è una sorta di computer molto sofisticato che codifica, memorizza ed elabora dati, immagini, percezioni, emozioni, odori, etc., mentre la mente è un "intruso" che si mette alla tastiera e si diverte a farci impazzire e soffrire.

Quel sentimento di paura e di angoscia che ci assale difronte all'idea della morte, in realtà non ci appartiene, è innaturale. Fra tutte le specie animali siamo i soli a subirlo, proprio perché noi umani, diversamente da tutte le altre specie animali, conviviamo con un intruso che ci rende la vita, un quotidiano calvario.

La sua influenza sulle nostre scelte è totale. O meglio, l'uomo delle origini, come nel regno animale, non aveva il potere della scelta, ma decideva sulla spinta di intuizioni e percezioni, di un programma codificato all'origine, (ciò che oggi la scienza definisce istinto), e non sulla base di un dualismo mentale. La scelta è nata quando l'intruso si è accasato dentro il nostro cervello.

E se dunque è un intruso, ci dovremmo chiedere da quale luogo dell'universo sia giunto e come sia entrato in noi!

A questo punto dobbiamo fare un passo indietro di milioni e milioni di secoli, per capire quale sia stato quell'evento a tal punto traumatico da avere alterato l'originaria natura umana/animale.

Io un'idea ce l'ho, ma vi invito a leggere il mio precedente libro *"All'ombra della mente"* perché voi lo scopriate da soli.

L'universo non si commuove

La forza di volontà, per essere messa a regime, deve presupporre la dignità, l'integrità e la consapevolezza. In assenza di una tale condizione, le debolezze e le abitudini avranno la meglio su ogni altra nostra scelta. Il comprendere e il volere, in molti casi non contemplano un'azione pragmatica, ma il più delle volte sono una mera illusione.. una passività. Una sorta di trappola che tendiamo a noi stessi per edulcorare la sofferenza per un breve e irrisorio lasso di tempo. A questo punto il disagio si fa ancora più pungente, amplificando lo stato confusionale e deprimendo la capacità di discernimento.

La felicità è sincerità con noi stessi, e ogni attenuante addotta ai nostri comportamenti opportunistici, non fa altro che alimentare i nostri sensi di colpa e depotenziare la nostra autostima.

L'universo non si commuove, non guarda in faccia a nessuno… fa quello che deve fare per il mantenimento del suo equilibrio. Là dove viene tolto, Lui integra.. dove esce fa rientrare. Punto! E sapendo che ogni forma di vita è dotata di uno stato di coscienza, si rende responsabile in toto di ogni suo comportamento, pensiero e scelta.

Premio e castigo intervengono per compensazione, proprio in funzione di una tale logica e regola.

Fortuna e sfortuna non esistono, non esistendo un parametro oggettivo che le definisca, essendo ogni desiderio umano soggettivo. Ogni felicità si fonda su una scelta etica, che determinerà la nostra "fortuna" - ogni nostra debolezza e dipendenza, sancirà la nostra sfortuna.

Le debolezze non sono altro che la ripetizione dei nostri errori, quando della vita consideriamo solo il suo aspetto terreno e carnale, e della spiritualità ne facciamo un orpello da ostentare agli altri.

La forza di volontà è quello stato d'animo che considera le regole, il solo presupposto alla felicità, e le eccezioni, un automatismo energetico compensativo che corrobora il nostro potere personale, imprimendoci la capacità di potere decidere sempre per il meglio e in assoluta autonomia.

La dignità perduta – basta miti!

Con la rivoluzione industriale migliaia di fabbriche e fabbrichette spuntano in ogni dove come funghi - e con le fabbriche si va, via via strutturando il concetto di "massa": centinaia di milioni di persone sfruttate che abbandonano l'autonomia e l'autosufficienza della vita contadina per rinchiudersi all'interno di lugubri e asfittiche prigioni di cemento e ferro per lavorare sotto padrone ad un salario da fame, che piova e tiri vento, per una gran parte della loro vita - schiavi a tutti gli effetti, privati del più remoto barlume di dignità e libertà.

Una società del cazzo... dove tutto è basato sulla competizione, sulla contrapposizione.. sulla sfida, sul derby, sulla gara, sul mito... dalla contesa politica, alla Borsa, fino al primato del vaccino più efficace, e dove tutte le regole sono truccate a priori, e lo sponsor, e gli affari di bottega di questo Sistema marcio hanno già deciso chi deve "vincere" e comandare ... allora ogni valutazione di merito sul valore, sul talento e le capacità individuali delle persone viene miseramente disatteso, cestinato, per imporre alla massa di zombie una congrua marmaglia di cretini ed imbecilli in carriera che lavorano a danno della comunità, dell'ambiente e del futuro dei nostri figli.

Deve essere chiaro che la competizione è la prima causa di ogni degrado, che sia morale o materiale, causa di conflitto, di scontro, di odio, di maldicenza, di sopruso.. e di quella condizione di paura cronica e di nevrosi in cui versano gli individui delle malate società occidentali. Masse di soggetti abbindolati ad arte dai Media, da menzogne mirate, da corruttele spacciate per donazioni, per filantropia, e attraverso un'opera di mistificazione meticolosa, sdoganata e imposta come verità assoluta.. pur di raggiungere gli obbiettivi che la Bestia Liberista si era preposti.

In questo modo la Mente speculativa dell'uomo "insapiens" ha amplificato il suo potere, imponendo la Tirannia del pensiero a danno dell'etica e del comune buon senso. Una circostanza questa che va ben oltre la più fervida capacità di comprensione, ben oltre una seria e severa indagine psicologica, ma che sconfina nel delirio psicopatico, e afferma la sua indole necrofila.

Ma per essere certi che la massa dormisse tranquilla nel suo loculo asfittico, lontana dal meditare e premeditare rivolte, contestazioni, ma più ancora "rivoluzioni", il Sistema Bestia, diabolicamente geniale, ha avuto la splendida idea di inventarsi i Miti.. del resto già presenti in forma potenziale nel concetto di "competizione".

E ben presto i Miti presero forma, cominciarono a moltiplicarsi come cellule di un cancro, e ad essere presenti e ben radicati nella quotidianità di ognuno.. in tutte le salse e per tutte le stagioni. Miti del calcio, del cinema, miti della musica, della televisione, miti della politica, della finanza, della scienza e della pornografia.. parametri di identificazione nei quali tutti potevano ritrovare la realizzazione dei loro sogni infranti, e riempire per un attimo il loro vuoto abissale e placare i morsi della solitudine.

È dalla competizione, dal sostegno ad oltranza del proprio personale mito, dall'emulazione e dall'affermazione di ritenerlo il solo e vero Dio da onorare.. che si è prodotto il fanatismo, la nascita delle tifoserie, degli scalmanati.. di sette, di congreghe, di consorterie.. etc ; gli uni contro gli altri, ma peggio ancora.. si sono pianificate le peggiori le guerre.. atrocità e crudeltà, dove ognuno dei contendenti riteneva se stesso e il proprio mito la ragione somma da difendere ad ogni costo, in ogni modo e contro chiunque… La storia ci parla di eroi e di vittime, di santi e di dittatori sanguinari.. di attacco e di difesa, di giusto e di sbagliato, quando tutta la storia è un vomitevole falso storico.. e andrebbe azzerata per il bene delle future generazioni. Poi a morire in guerra ci vanno sempre loro, i soliti allocchi dell'amor patrio, i lavoratori dell'industria, un tempo, contadini, gli artigiani, i meno abbienti; i nuovi schiavi dei moderni padroni.. quei padroni codardi, che ben lontani dal pensiero di affrontare il nemico a viso aperto si nascondevano nei salotti a pontificare, e accumulavano ricchezza sulla pelle dei morti.

Questo è tutto ciò che, da tempo, il Sistema ha messo in atto per tenere le masse di zombie al guinzaglio corto, per distrarle dalla realtà.. facendo loro credere di essere libere.

Va compreso che ogni mitizzazione, idealizzazione e fanatismo porta in seno il germe della competizione.. che sempre degenera in violenza, emulazione e soprafffazione.

Mitizzare l'altro presuppone una debolezza, una povertà, una carenza affettiva, professionale, di ideali, e, in breve, un vuoto che la gente cerca di colmare ritrovando o immaginando negli altri tutte quelle qualità, virtù ed eccellenze caratteriali, che pensa e crede di non possedere.

La fine del maschio senza palle

In questa società del cazzo si sono ribaltati i ruoli fra uomo e donna.

Un tempo il maschio era pragmatico, intraprendente, focoso, in perenne eccitamento, sicuramente grossolano nelle sue tattiche e strategie di caccia, ma perfettamente in linea e coerente con la rappresentazione della sua natura primigenia.

La femmina, diversamente, e come dall'origine, era umilmente e dignitosamente appartata nel suo mondo metafisico, intenta a coltivare la grazia, l'armonia, la devozione e la saggezza, e solo se stimolata dal sesso opposto reagiva opportunamente alle richieste d'amore, di passione e di condivisione, previa una valutazione attenta delle circostanze.

Oggi tutto questo è lettera morta! Il caos si è insinuato in ogni anfratto dell'essere umano, la confusione e la paura regnano padrone su ogni nostra scelta, ogni pensiero è relativizzato, e la verità evitata come un virus letale da combattere, e dal quale prendere le distanze per scongiurarne il contagio.

Così, l'uomo maschio è trasfigurato - meglio sarebbe dire... degenerato – in una sottospecie di mollusco, subdolo, immobile, indolente e sedentario, privo di iniziativa, di patos, prevedibile e ridicolo; orpello di cattivo gusto, scimmia da circo equestre, fenomeno da baraccone esposto al macabro divertimento degli dei. Così da cacciatore di un tempo si è fatto facile preda delle lusinghe e seduzioni di chi oggi lo vorrebbe uccidere.

Guardatelo questo moderno maschio, agghindato come un vero idiota, depilato, tatuato, vecchio e infantile allo stesso tempo, incapace di sostenere una normale prestazione sessuale, di avere, non dico una gloriosa ma dignitosa erezione, abbastanza lunga da potere dare soddisfazione e appagamento alla sua controparte, la creatrice. Questo maschio da teatro degli orrori, ipocondriaco e paranoico, è oggi incapace di procreare, di eiaculare, di contenere l'orgasmo, di meravigliarsi, di amare, di baciare, di dare tenerezze e attenzioni.

È il maschio al potere senza più alcun potere che decide per gli altri come un morto che organizza la vita di chi resta - un maschio senza palle, infine, essendosele giocate a dadi, con la paura in persona.

Un maschio che si ritiene uno sportivo, solo perché segue con bramosia il campionato di calcio e, come un fanatico, la sua squadra del cuore. Uno che imposta la sua vita di coppia prendendo spunti da "uomini e donne", "il Grande Fratello", etc - un maschio pantofolaio che sguazza nelle abitudini, rammollito nei sensi, negli affetti e nel corpo – un'ameba, un invertebrato a tutti gli effetti, ricurvo sul suo cazzo di iPhone morto, in perenne chiacchiericcio, a parlare come la peggiore serva del vuoto cosmico, che ritiene il luogo ideale della sua apatia.

E per un automatismo di compensazione, oggi la donna deve maldestramente arginare una tale deriva, per sopperire a crollo verticale del maschio, facendo sue tutte quelle caratteristiche che, un tempo, lo definivano tale.

Oggi la grande cacciatrice è lei, la femmina, la creatrice, decisa, brutale, pronta a colpire senza pieta l'involucro sterile di questo simil-maschio da vetrina.

Così lo circuisce, lo raggira lo domina, lo piega alla sua volontà, e giustamente lo vorrebbe vedere morto per sempre. Una vendetta dovuta, ineluttabile, cresciuta nell'arco di questo ultimo secolo, alimentata da un odio viscerale e sacrosanto contro il proprio carnefice: il carnefice dei suoi figli, della sua felicità, il carnefice dell'ambiente, di ogni principio e valore. Una vendetta che oggi si consuma in tutta la sua drammaticità e crudeltà, con la spada in pugno, contro quella Bestia deforme e senza palle di moderno maschio, che nella sua strutturale incapacità di fondo credeva di potere togliere il trono a Dio.

La legge universale del principio affermativo
fondante primigenio

Per produrre un grosso male si parte sempre fingendosi il bene. Questo perché il bene è il "principio affermativo, fondante primigenio" di ogni cosa, mentre il male è una variante della sua assenza, un effetto intrinseco, attraverso il quale il bene si rigenera.

La negazione è sempre l'effetto di un'affermazione – mai il contrario. Se nessuno affermasse l'esistenza di Dio, nessuno la potrebbe negare, pur Dio esistendo. L'ateismo, pertanto, è strettamente dipendente, subordinato, all'esistenza di Dio (concetto motivante), venendo a decadere la quale, la visione atea declina a congettura. Ergo: "Tu sei ateo perché io credo – ma se io smetto di credere, tu smetti di essere ateo – diversamente, se tu smetti di essere ateo, io posso continuare a credere all'infinito".

L'universo infinito nasce dunque dall'affermazione (È), mentre la negazione, (NON È) è una variante subordinata. Pertanto, chi nega l'esistenza di Dio, nega l'esistenza del mondo tutto, e la sua stessa esistenza. Il male può fingersi il bene, mentre il bene non ha scopi di fingersi il male. Bene e male, dunque, non sono le facce di una stessa moneta. Assolutamente no! Il bene è, mentre il male diviene in sua assenza. E questo vale per la vita e la morte, dove la vita è ciò che rappresenta il valore, mentre la morte ne è la conferma. Il concetto di soggettività esiste in virtù dell'oggettività; il tradimento in virtù della fedeltà, la paura in virtù del coraggio, l'incoerenza in virtù della coerenza, il dubbio in virtù della certezza. Venendo a mancare questa differenziazione di merito, l'umanità si perderebbe dentro il caos del relativismo, decretandone la sua distruzione ed estinzione.

Un tempo, quando si credeva che la terra fosse piatta, il mondo era giusto, e la percentuale di male rispetto al bene, era la stessa, per similitudine, che esiste fra l'area occupata dalle venature di grasso di una fetta di prosciutto, rispetto alla rimanente parte magra. Questa era la proporzione! Il male, come la parte di grasso nel prosciutto, aveva la funzione di conservarlo, mantenerlo morbido e di esaltarne il sapore, ed era ininfluente sul buon funzionamento del fegato e delle funzione del corpo in generale; ma dirò di più - stimolava l'organo nel suo complesso, allertando e attivando la compagine degli enzimi che, diversamente, rischiavano (vista l'inattività), di atrofizzare la loro funzione. Quando l'eccezione diventa la regola, tutto l'impianto etico perde la sua forza originaria mortificandone i presupposti e le finalità. In questa eccezionale condizione, tutto viene relativizzato, e la verità cessa di essere parametro di riferimento e obiettivo da perseguire, ma subalterna al mero interesse particolare. E la stessa esistenza degrada a fenomeno tecnico, a spazio temporale, a formula chimica.

Il parametro oggettivo a conferma di una tale affermazione, conclusione, si evince dal dato relativo all'ambiente, rimasto, fin dall'alba dei tempi, integro e incontaminato.
Oggi le cose si sono invertite - ribaltate. La catastrofe ambientale ne è la prova schiacciante e incontrovertibile.

La fetta di prosciutto, oggi, è occupata per la sua totalità dal grasso (il male), e le cellule del reticolo endoplasmatico del fegato (sfinite per l'estenuante lavoro), non sono più in grado di sintetizzare i lipidi.

A questo punto il fegato si ammala e muore, compromettendo la sopravvivenza di tutto l'organismo.

L'ideologia della distruzione

"All'interno della società di massa, l'Ideologia della Distruzione (necrofilia) subisce una sorta di evoluzione. La sua correlazione con le percezioni sensoriali dirette, come l'olfatto, il tatto, il gusto diventa sempre più modesta, fino a scomparire del tutto. Gli interessi dell'uomo si trasferiscono da ciò che è naturale, spontaneo, spirituale ed umano, a ciò che è artificiale, meccanico, divertente, ma non gioioso e appagante – bensì frustrante. La sessualità diventa una capacità tecnica, i sentimenti sono appiattiti e talvolta sostituiti col sentimentalismo. Il controllo assoluto dell'ambiente circostante, finalmente raggiunto grazie alla tecnica, si espande a tal punto da inglobare la vita stessa dell'individuo, che a sua volta, sarà controllato dalle macchine da lui create - Il carattere distruttivo dell'uomo assume poi dimensioni planetarie, paradossalmente proprio per colpa dell'aumentare della sua conoscenza tecnica. Una distruttività che non si limita al presente, ma che è rivolta a un ipotetico futuro". *Erich Fromm*

Il relativismo etico che sta inghiottendo le moderne società liberiste, è il risultato dell'azzeramento di ogni elementare sussulto spirituale.

Il "falso" è un fondamentale del relativismo e fratello gemello dell'ossimoro. I due, insieme, sono capaci di innescare tali catastrofi, da fare impallidire il nazismo. Oggi, la menzogna, in ogni sua espressione, trionfa nelle società moderne e democratiche, come una nuova e rivoluzionaria regola relazionale. Menzogna e relativismo camminano a braccetto, lungo il viale della fine, e niente e nessuno potrà contrastare l'inevitabile.

Tornare a Dio, significa affermare quel parametro imperituro attraverso il quale determinare la bontà delle nostre scelte e comportamenti, e avere la consapevolezza dei nostri errori.

La mia Calabria

Non so quanti posti esistano al mondo dove si concentrano così tanti elementi di straordinaria bellezza e di eccellenza, paragonabili al luogo in cui oggi, mi trovo e vivo! Questa è la Calabria, un territorio miracolosamente scampato in gran parte alla barbarie industriale – una regione popolata da gente semplice, laboriosa e ospitale, contraddistinta da un grande sentimento di solidarietà.

"E' qui che voglio vivere", dissi a me stesso, in quell'estate di 35 anni fa, quando, fresco di patente decisi di avventurarmi in solitaria fra le atmosfere sognanti di un'Italia a me ancora sconosciuta. Fu un autentico colpo di fulmine, una vera folgorazione che mai prima di allora aveva così fortemente scosso la mia anima, e condizionato le mie scelte future. E così ci tornavo ogni estate e ogni inverno, e ogni volta che il mio cuore tormentato lo desiderasse. E ogni momento era buono per partire; che fosse di pomeriggio o nel pieno della notte, spinto da un bisogno irrefrenabile di libertà e di armonia che solo quella terra magica era in grado di soddisfare fino in fondo.

E a bordo della mia Jeep mi inerpicavo fra montagne e foreste primordiali, dal Pollino alla Sila, dalle Serre all'Aspromonte, e poi giù fino al mare - un infinito mare che incastonava quel paradiso in tutto il suo splendore, esaltandolo come un diamante in tutta la sua purezza.

E adesso eccomi qui, sulla spiaggia di Sant'Andrea marina - una fra le più belle di tutto il mediterraneo. Alle mie spalle il mare! Lui, che ha curato le mie ferite e le mie ansie, seducendomi con le sue acque cristalline e fresche, con i suoi colori e gli odori, per rapirmi dentro albe di sogno, e conciliandomi con il mistero della morte.

Il futuro di questa regione straordinaria, non coincide con un ipotetico processo di industrializzazione, dove centinaia di fabbriche fumanti producono lavoro sporco, occupando migliaia di individui al chiuso di asfittici e maleodoranti prefabbricati, ma nel suo esatto opposto. E non sono certo i calabresi, i più propensi a rinchiudersi dentro fabbriche asfittiche e caotiche per fare arricchire il padrone! Questa è gente libera nel profondo - ama vivere all'aria aperta e a contatto con la natura.

La Calabria, per imporsi, deve rivolgersi alla cultura del bello, dell'eccellenza, del turismo sostenibile, del cibo sano, della tradizione e dell'artigianato. Deve credere alla forza e potenzialità delle sue montagne, del suo patrimonio boschivo, delle sue spiagge infinite e del suo mare. Tutte caratteristiche che la contraddistinguono in assoluto da ogni altro territorio, al punto tale da potersi rendersi autonoma a tutti gli effetti. Ma ci dobbiamo credere, tutti insieme, preservandola dall'incuria e dal dissesto, così da poterla restituire un giorno, in tutta la sua integrità e splendore, a Colui che ce ne fece dono.

E non è certo andando in chiesa o recitando qualche rosario che adempiremo ai nostri doveri di credenti! Cristiani si é ogni giorno, attraverso le piccole azioni e i semplici gesti quotidiani - educando i nostri figli, al rispetto della natura, e rammentando loro che questa terra ci è stata consegnata all'origine, incontaminata e prodiga, ed è la sola e vera ricchezza sulla quale possiamo contare e sperare - un capitale di cui possiamo tutti disporre, a interessi zero.

Dio non ha bisogno di messe, suffragi, invocazioni, o di vittime sacrificali, ma di semplici e accorati atti d'amore.

Questa terra baciata dalla provvidenza, può produrre benessere e felicità per tutti. Un patrimonio naturale, storico e culturale, unico nel suo genere, da potere dare occupazione e futuro a tutte le generazioni a venire, a condizione che la si rispetti, che la si protegga e che la si ami.

I nostri figli di Calabria, vanno educati in questo senso, trasmettendo loro il valore dell'appartenenza, e non assecondandoli in voli pindarici verso lidi astratti. Questa terra è la loro più preziosa eredità - e lo devono capire e assimilare in virtù del nostro esempio di genitori, e di quella volontà e passione di una politica capace di fare rispettare le regole civili, dissociandosi con forza da ogni altra pressione esterna e personalizzazione.

La cultura del rispetto, in tutte le sue espressioni, è alla base di ogni nostra azione e scelta. E non serve a niente mandare i nostri figli all'università, per rincorrere il mito di una laurea svuotata di ogni significato e intenzione, se poi lasciamo che l'opera del creato venga profanata e contaminata!

Dobbiamo inculcare ai nostri ragazzi - che siano figli di gente comune, di politici, di imprenditori o di criminali - l'amore ancestrale per la propria terra e ispirarli alla passione per la natura. La stessa, saprà ricambiare le nostre attenzioni con tutta la generosità che le è propria. Dio è prodigo con chi si prende cura del suo creato.

Ripuliamo dunque questo mare e le spiagge, liberan-

dolo da tutta questa sporcizia e sudiciume che irrespon-
sabilmente riversiamo e disperdiamo, come se ottempe-
rassimo a un diritto.

Per tanto, cari signori della politica, è arrivato il momento di fare di necessità virtù! È tempo di una salutare
presa di coscienza - lo dovete alla vostra gente, ai tanti
bambini ancora inconsapevoli, affinché possano eredita-
re intatta, ciò che più di ogni altra cosa può produrre felicità e speranza: la Bellezza.

La moglie e il cane

Quando un essere umano accusa un qualsiasi dolore in una parte del suo corpo, la sua prima reazione è di focalizzare la sua attenzione sulla zona dolorante. In seguito si attiverà per ricondurlo a una causa, ai possibili motivi che lo hanno generato, passando in rassegna tutte le varie possibilità, passate e presenti, e in fine valuterà un modo e una cura per farselo passare.

Un animale che accusa un dolore in una parte del suo corpo, lo accoglie in se all'attimo presente, non si chiede delle cause e dei possibili rimedi. Non vive nell'attesa che gli passi, ma lo riconosce come parte integrante della sua vita in quel preciso istante. L'animale non si addentra in proiezioni futuribili né si avventura nel passato per comprenderne l'origine. C'è un'accettazione inconscia degli eventi e delle circostanze come fattori ineluttabili, ineludibili, non c'è attesa, pretesa, speranza, ma solo ascolto. Tutto questo "non meccanismo mentale" lo rende felice e sempre pronto a dare felicità, essendo una creatura divina, e portatore di amore.

Adesso prendete vostra moglie, e senza alcun preavviso chiudetela nel bagagliaio della macchina per almeno mezzora. La sua reazione sarò tempestiva: comincerà a sbraitare, ad insultarvi, a darvi del pazzo criminale, a minacciarvi, a sbattere i piedi e i pugni contro l'interno della carrozzeria, fino ad implorarvi piangendo di farla uscire da quell'incubo. Nella mente della poveretta si alterneranno immagini, interrogativi, cercando una risposta decente al perché voi l'abbiate rinchiusa in quella gabbia. Si chiederà, dove possa avere sbagliato, e forse, pur di non impazzire, arriverà ad accusarsi di una colpa che non ha. Forse sverrà! Il momento in cui la libererete da quella buia e ristretta prigione (30 minuti dopo), consiglio al marito carceriere di starne a debita distanza per evitare la sua violenta reazione di odio.

Adesso fate la stessa cosa con il vostro cane, ma diversamente dal trattenerlo solo mezzora nel bagagliaio, lasciatelo lì per 12 ore. Trascorso questo tempo, aprite in tutta tranquillità lo sportellone del portabagagli, perché il vostro cane vi farà una grande festa, vi inonderà di sorrisi, scodinzolerà divertito, vi leccherà dalla testa ai piedi, e accogliendovi come un liberatore vi dimostrerà tutto il suo incondizionato affetto e amore.

Questa radicale differenza di "sentire" fra l'uomo e l'animale, e la diversa e opposta reazione - l'odio da una parte e l'amore dall'altra – ci dice chiaramente quanto la mente e il suo immaginario psicologico abbia condizionato l'essere umano, fino a farne un suo servo, un suo schiavo, dopo avere fatto terra bruciata di ogni suo recondito barlume di spiritualità, di consapevolezza e afflato di libertà.

L'animale, al contrario, non ha domande da porsi e alle quali dare risposte. L'animale è felice per natura, essendo privo di tutto quell'immaginario mentale psicologico e concettuale che è caratteristica prevalente dell'essere umano, e causa di tutta la sua sofferenza, di ogni conflitto e paura. Noi siamo quelli dei "perché", esseri infantili, mai cresciuti, immaturi, esseri snaturati, che ancora, dopo millenni, credono tuttora di trovare pace e armonia nelle risposte ai loro pretesi e paranoici interrogativi.

Siamo posseduti dalla mente, questo è un fatto, e dai suoi perversi schemi e meccanismi. E se non capiamo profondamente questo, nessun esorcista al mondo ci potrà liberare dalle diaboliche spire della mente. Abbiamo creato un mondo a immagine di un inferno, e solo la ribellione in atto della Madre Terra potrà fare rientrare le dissonanze e ristabilire i preesistenti equilibri universali.

La presa

Prendete un cubetto dal porta-ghiaccio che tenete nel freezer. Vedete…, vi rimane appiccicato alle dita, come una colla. Se aspettate un minuto o più, il cubetto di ghiaccio si staccherà naturalmente mollando la presa per via del cambio di temperatura. Questo è ciò che accade ai ghiacciai di tutto il mondo – hanno perso la "presa". Il collante che li teneva ancorati, che li saldava alla roccia o terra che sia, facendone un corpo unico, è venuto meno fino a sparire. La perdita della "presa" del ghiaccio con lo strato sottostante a cui era aggrappato, ha poco a che vedere con il surriscaldamento terrestre, o perlomeno non ne è la causa scatenante. La presa è una forza, una stretta, un'energia aggregante, vincolante, che ha lo scopo di stabilizzare e fondere fra loro atomi e molecole ed energie di segno opposto, fino a condividerne le dinamiche e gli scopi. La "presa" tende ad esaurire la sua funzione vincolante per un cortocircuito all'interno del campo magnetico terrestre, scombinando, confondendo e alterando i flussi energetici, destabilizzando la loro specifica operatività. Così tutto l'impianto olistico si relativizza, e con lui ogni principio etico e scala di valori.

Agli alberi sta accadendo il medesimo processo (anche se per il momento meno visibile dei ghiacciai). Le loro radici stanno perdendo la "presa". E questo vale per ogni cosa, per tutte le forme di vita animali e vegetali, grandi o infinitesimali che siano. Questo accade all'aria, alle acque, dove venendo meno la "presa" (energia vincolante), tutto si separa, si frammenta, si mescola e si imbastardisce, sconvolgendo ogni preesistente regola, principio, legge naturale ed equilibrio. Così l'Io umano si scompone, si sgretola, fino a polverizzarsi, generando disperazione e follia suicida. La causa del fatale cortocircuito e conseguente squilibrio, va imputata a una potente e vasta massa di energia oscura (negativa) che la mente umana ha generato in questi ultimi millenni, potenziando ai massimi il suo lato oscuro, che nel tempo ha inibito, fino a cancellare, ogni residuo anfratto di spiritualità e di consapevolezza creativa.

Ecco, noi siamo all'inizio di questo terrificante avvenimento che non ha precedenti nella storia del pianeta terra, e credo del sistema solare.

Nei prossimi due decenni questo processo subirà un'accelerazione spaventosa, e saremo testimoni di un evento apocalittico che non risparmierà niente e nessuno. Tutto questo è bene, quando il principio di causa effetto riporterà ogni cosa dentro l'alveo del flusso universale, fino a raggiungere il seme originario, perché tutto sia come deve essere, perché l'equilibrio ritorni a danzare armonioso fra gli infiniti cieli del Mistero inviolato.

Trovo bellissimo questo tuo articolo, come un sasso gettato nel lago i cui cerchi sull'acqua ipnotizzano lo sguardo - l'ho letto e riletto più volte, perché ad ogni rilettura nuove intuizioni e pensieri affiorano, giungendo da molto lontano - e questo è curioso, evocando uno stato e percezioni già conosciute, chissà dove, chissà quando, ma non certo in questa vita.

Anche lo spermatozoo e l'ovulo hanno perso la presa, e forse, fra tutti gli scollamenti visibili, è quello di cui non si sa proprio un bel nulla. Gli operai in tuta blu della scienza non ne conoscono le ragioni, annaspano, ma sono tutti affetti dallo stesso vuoto d'aria, dalla stessa fame che la mente vorace ha ormai esaurito. Sono affamati d'altro, ma se si spogliano della loro tuta per mostrare il cuore, rimarrebbero fulminati.

Questo accanimento in forma delirante sul clima è come una disperazione già postuma, perché tutto è già accaduto, anche se in forma sottile e invisibile ai nostri occhi, ma ben evidente a coloro che sono dotati di una coscienza fluttuante nei sentieri dell'infinito. Quello che accadrà domani, è già presente oggi.

Mi domando: dobbiamo davvero estinguerci?

Chiara Bolla

La retta infinita di Dio

Possiamo rappresentare la vita come gli infiniti punti di una retta senza fine, dove le pause fra un punto e l'altro rappresentano la morte, e che secondo il principio di causa effetto, darà origine ad una nuova vita – e così per l'eternità.

Dio, diversamente, è una linea retta infinita, dove non esistono né punti né pause.

Valutando razionalmente e a rigore di logica la questione dal punto di vista dell'uomo, dovremmo concludere che Dio non esiste. Ma Dio esiste proprio in virtù della sua negazione, essendo la comprensione di Dio l'effetto di un automatismo che esclude la mente duale da ogni sua possibile interferenza.

Nessun uomo al mondo - come ogni altra forma vivente - potrebbe sopravvivere a se stesso, se in fondo al suo cuore non ardesse, di nascosto al suo pensiero razionale, un barlume di verità cosciente che consideri la possibilità di una dimensione oltre la vita.. di una nuova vita! È un dato di fatto oggettivo e inopinabile, che si dissocia da ogni interpretazione culturale, tesi filosofica, scientifica e ideologia.

Pertanto, coloro che si dichiarano atei e agnostici, appartengono a quella categoria di persone che, per la paura di essere poi sconfessate dai fatti, si fasciano la testa, prima ancora che qualcuno gliela rompa. Questo atteggiamento di stampo relativista, in realtà è una presa di posizione che ha la pretesa di dare al "razionale" una valenza, un'importanza, che in realtà non ha. In verità, la logica nichilista è quanto di più irrazionale la mente umana possa formulare. Come puoi dunque non credere in un sogno, quando l'alternativa è il nulla?

La scienza dell'incoscienza

Se aspettate che la scienza risolva i vostri problemi fate prima a schiattare. È la scienza che ha creato tutti i nostri problemi.. Covid compreso Dopo oltre 50 anni di ricerca e di rastrellamento sistematico di denaro pubblico e privato, ancora la mitica scienza non ha trovato una cura per il cancro, per la SLA, per le malattie neurodegenerative e autoimmuni, per la sclerosi multipla, per la fibromialgia, per l'AIDS, per l'Ebola, niente per combattere la depressione, e per mille altre malattie e patologie "moderne" e disturbi cronici che devastano la vita degli individui.

La contaminazione ambientale e alimentare sono gli effetti disastrosi delle scoperte scientifiche, le reazioni avverse di una scienza grossolana, speculativa, miope e autoreferenziale che mira all'esclusivo profitto delle multinazionali del farmaco, della chimica, e biotecnologiche. Il mito della certezza scientifica non è mai nato ed è già morto.

Ma voi ancora non lo avere compreso, perché siete ciechi e sordi nell'animo e nello spirito. Negare questa evidenza vi terrorizza, perché dovreste declinare ogni aspettativa, tradire ogni convinzione, senza accorgervi che il Sistema ha reso redditizia anche la speranza.

La scuola del futuro

La scuola del futuro, del cambiamento, dovrà educare i nostri giovani a non conoscere, a non apprendere, a non studiare, e a rimuovere ed eliminare tutti quei concetti, schemi e nozioni che la nostra memoria-mentale ha codificato nel tempo, e che come un tappo ha intasato la loro parte sottile spirituale, sottraendo loro, ogni libertà, senso critico e consapevolezza. La scuola del futuro deve liberare i nostri giovani da ogni stratificazione culturale, ideologica, religiosa, filosofica e psicologica, che nel tempo si sono sedimentate nel loro cervello come strati di roccia lavica, causando smarrimento, conflitto, paura e sofferenza psicologica. La scuola del futuro deve svuotare la mente, cancellare ogni pregresso apprendimento, come si svuota un cestino dell'immondizia. Una volta bonificata la mente dai suoi rifiuti psicologici e concettuali, va dato spazio alla pura creatività, alla percezione, all'intuizione, alla capacità di riconoscere la bellezza, per tradurre tutto in amore, stato di pace ed armonia.

Oggi la scuola è un vivaio del Sistema Potere, dove si addestrano i giovani all'obbedienza coatta; un'organizzazione per delinquere volta ad uniformare, omologare e manipolare le coscienze per fare delle nuove generazioni dei soldatini di latta pronti a combattere e a morire per difendere gli interessi e i privilegi dei loro propri carnefici.

La scuola deve insegnare a vivere, a convivere, a sopravvivere.. a riconoscere le erbe, ad interpretare i segnali della natura, ad essere medici di noi stessi, a liberare l'individuo dalle paure e dalle ansie.. fornendo ai nostri figli gli strumenti per raggiungere la piena salute e la felicità.

La scuola di Sistema di oggi è una fabbrica di automi rimpinzati di schemi e di nozioni; una sterile conoscenza tecnico-mentale deputata all'omologazione delle coscienze, e a trasformare gli uomini liberi in schiavi consenzienti e inoffensivi.

La scuola deve insegnare ad amare, a distinguere il bene dal male, la verità dalla menzogna, la libertà dalla licenza. Tutto il resto lo puoi trovare in Rete.

La società dei "perché"

Diciamo subito una cosa.. che il mondo è arrivato a questo punto perché la PAURA ci ha spinto a cercare risposte a domande del cazzo, amplificando così i nostri problemi e tutto quell'immaginario psicologico che è la causa prima della sofferenza umana. Perché.. perché... perché..? Perché non ci siamo mai fatti i cazzi nostri? Per chi è libero e consapevole, tutto è chiaro e palese. La vita non si formula sui nostri "perché", ma nell'accettazione di ciò che è, non potendo essere niente altro. Questa è la base per una vita felice, leggera e armoniosa.

Subito da bambini.. *"mamma perché questo.. papà perché quello.. nonno perché quell'altro?"* Poi diventiamo adulti e i "perché" si moltiplicano in forma esponenziale su tutti i piani della nostra esistenza, e in virtù di tutte le stratificazioni sociali, culturali e religiose che abbiamo assorbito durante la nostra esistenza, e che come una coltre di piombo opprimono ogni barlume di vera libertà e sana conoscenza. Così, con una curiosità morbosa, cerchiamo risposte a tutto ciò che già lo sono, immaginando di potere comprendere cose e questioni che dissipino i nostri dubbi o, al contrario, confermino le nostre convinzioni. Ma qui siamo di fronte al disturbo mentale compulsivo, a un capovolgimento di fronte, essendo tutto ciò che è stato creato, la risposta del Creatore, e che noi, fessi, interpretiamo come una sorta di rebus da risolvere dal significato criptico.

L'orribile mondo che abbiamo costruito, tutte le atrocità e crudeltà che abbiamo inferto alla Madre Terra e ai nostri simili, è l'effetto perverso di tutte quelle informazioni, nozioni e concetti che il Sistema ha codificato in conoscenza, scienza e cultura, quando, in realtà, tutto era profanazione e violazione, manipolazione e contraffazione. Immaginatevi se tutte le forme di vita sulla terra vivessero in un continuo domandarsi dei ”perché delle cose”, dei motivi che le muovono, che le cambiano, che le consumano. Sarebbe il caos! Chi siamo, da dove veniamo, dove andiamo? Esiste una vita dopo la morte.. c'è vita nell'universo.. ? Perché siamo bianchi, o neri, o gialli? Evoluzione o creazione? Ripeto… milioni di domande retoriche alle quali nessuna risposta, vera o falsa che sia, sarà in grado migliorare la nostra condizione di vita, ma solo peggiorarla. Tutto ciò che è, lo è perché non potrebbe essere diversamente.

La distruzione del pianeta sta nella maniacale ricerca a tutte queste risposte che, per la loro natura mentale duale e speculativa, hanno prevaricato ogni limite etico e scala di valori, e decretato così la nostra fine. La verità si manifesta in uno spazio neutro; non ha collocazione, non giudica, non ha pretese e non ha aspettative, non ha motivo né causa, non ricerca nel materialismo grossolano, ma si affida alla divina percezione, all'intuizione, spinta dal flusso della coscienza universale. Questo è ciò che avviene negli animali, negli insetti, e in ogni altra forma di vita.

Una sola domanda d'obbligo si deve fare l'uomo: "Perché sono così stupido?".

La verità: un atto d'amore realizzato

Come puoi sapere se una notizia è vera o falsa? Dipende da quanto tu sei vero o da quanto tu sei falso. Dipende dalla tua frequenza di percezione, di intuizione, capacità di discernimento. Questo è basilare, ma soprattutto dipende dalla pregressa conoscenza che sia ha delle cose, dei fatti, delle implicazioni, e da una personale capacità di sapere analizzare in maniera imparziale, oggettiva, ogni circostanza, oltre ogni pregiudizio e interesse particolare (che sia materiale, psicologico e ideologico) che ne contamini un giudizio coerente e un'integrità di fondo. Se una notizia è vera o falsa, lo si ricava dal nostro livello di onestà intellettuale, dal significato che diamo del concetto di libertà, da un viscerale e speciale amore per la verità.

Se siamo apatici, sedentari, senza forza di volontà, refrattari alle ingiustizie, al dolore e alle problematiche degli altri, se ci uniformiamo all'idea dominante, non potremo mai sapere se una notizia è vera, oppure falsa, come non potremo mai conoscere chi sta di fronte.. se il suo sentimento è puro e disinteressato, e se noi davvero siamo in grado di amare qualcuno.

Se una notizia o un'opinione è vera o falsa, lo deduci dall'osservazione del mondo circostante, dalla realtà in cui vivi e agisci, da quel profondo bisogno di credere, di vivere e di essere. Solo così ci sarà concesso il privilegio della verità, e solo così potremo onorare la nostra vita, e illuminare il futuro dei nostri figli, sapendo che la verità, altro non è che un atto d'amore realizzato.

La vista non è un senso

La vista, come erroneamente ci hanno insegnato, non è un senso, ma un'emozione – la frequenza stabilizzata della contemplazione universale. Chi non vede amplifica il tatto, l'udito, l'olfatto, il gusto, ma se perdiamo questi quattro sensi, continueremo a non vedere.

Quando lasceremo questa nostra terra, il nostro spirito potrà contemplare l'universo proprio grazie a questa sua caratteristica del "vedere" in assenza di giudizio.. la pura ammirazione. La mente interviene a scompigliare i nostri sensi, indebolendo e sviando la loro originaria percezione, la visione. Tutto ciò che ascoltiamo, che vediamo, che odoriamo, assaporiamo e tocchiamo, non è esattamente quella vibrazione che i nostri sensi dovrebbero percepire in assenza della mente. La mente, in verità, è quel "quinto senso" che ha predominato su tutti gli altri per le sue mire espansionistiche e per la sua indole distruttiva e schiavista.

Le origini dell'uomo

L'universo è espressione ed espansione del suono. I suoni armonici generano energia creativa, mentre i suoni disarmonici generano energia oscura, distruttiva. Non è dunque vero che nell'universo esiste un'armonia fondamentale perenne. Se al mondo vi sono delle disarmonie che determinano liti, omicidi, stupri e guerre fra nazioni diverse, subito l'universo reagisce, si auto regola in forza di un meccanismo di compensazione deputato a ristabilire l'equilibrio perduto.

Questo meccanismo non prevede differenziazioni di ordine etico-morale o giuridico, non decide sulla base di un giudizio, non scinde il bene dal male, non sceglie fra varie soluzioni, non prevede quella dualità, propria della mente, ma ricompone il flusso armonico ristabilendo l'equilibrio fra energie contrastanti in modo neutrale.

Ciò che noi umani riteniamo sia il male, contrapposto al bene, e che la religione cattolica rappresenta in forma di icone nell'immagine metaforica di Satana, nella sostanza non è altro che la nostra mente. Le emanazioni rilasciate dal suo perenne conflitto duale, generano la paura, della quale la mente si nutre con golosità; il suo pasto quotidiano e nutrimento preferito che la mantiene in vita e accresce il suo potere sul mondo. Queste energie negative espresse dalla mente inquinano gli ambienti e le persone, e contagiano in modo particolare chi compie atti malvagi. Diversamente dall'uomo sottile che si alimentava di bellezza e purezza, sedimentandole in stati di felicità.

In quel remoto tempo dell'infinito, la distanza che separava la terra dal sole era doppia, rispetto ad oggi. E doppia era la potenza di fuoco della grande stella che, dall'origine, scandiva l'alternarsi del giorno con la notte. La terra, come tante altre terre disseminate nell'universo, era stata creata dalla Volontà Superiore per essere luogo di elaborazione e di trasformazione della spiritualità. Le varie forme di vita che la abitavano erano immateriali e dalle forme più diverse; corpi energetici distinguibili dalla loro densità luminosa e dallo spazio che li separava dal suolo terrestre. Era il trionfo della bellezza, della purezza, dell'eterna felicità. Il dolore non aveva patria in quel mondo, dove l'armonia e il silenzio governavano incontrastati su ogni cosa.

A quel tempo gli uomini erano esseri spirituali costituiti da filamenti luminosi dalle sfumature violacee, con una sorta di lungo e sottile tubolare al centro, di un azzurro chiarissimo, alla cui estremità svettavano due enormi occhi di un color verde acqua che, nel loro vedere, rispecchiavano il flusso delle onde di mare. Erano spirito puro, eterno stato di grazia. Il loro compito consisteva nell'impressionare le emanazioni della bellezza circostante e della purezza per distillarne l'essenza e farne alimento e dono alla coscienza universale. L'uomo generava felicità, e della felicità si nutriva l'infinito. Quest'uomo etereo non conosceva il dolore, non avendo una mente. La sua funzione era limitata alla contemplazione, all'ammirazione, e a generare flussi ininterrotti e stabilizzati di perenne godimento.

Tale processo sta alla base dell'esistenza dell'universo e della sua sopravvivenza. In casi eccezionali, che si alternano ad ogni cambio di Era, questo meccanismo subisce un blocco che ne interrompe temporaneamente il funzionamento e, in casi eccezionali, ne inverte il processo e lo scopo. Questo accade quando oscure energie dell'universo vuoto si spingono fino a forzare i confini della coscienza universale, cuore pulsante dell'infinito, per frapporsi come nero sipario fra la terra e il sole.

E così accadde che un detrito di energia oscura prodotto dalla disgregazione meccanica operata dagli agenti cosmici, abbia invertito la sua direzione espansiva per retrocedere fin dentro lo spazio siderale, per poi dirigersi e stabilirsi sul pianeta terra. Ciò che oggi definiremmo "una circostanza aliena".

L'energia oscura è un'entità occupante, e per non dissolversi e sopravvivere deve assolutamente insediarsi all'interno di una forma vivente, trasferendo in loco tutte le sue caratteristiche. Una fra tutte la mente, che è l'effetto della degenerazione di quello stato di coscienza addebitabile all'energia oscura nella sua fase retrograda.

Questo evento eccezionale di portata cosmica ha prodotto un tale shock, da sovvertire tutti gli equilibri energetici del pianeta, depotenziando e facendo regredire ogni fattore spirituale. Di contro la mente prese le redini del comando, in una condizione pressoché neutra, e che mantenne stabile per milioni di anni, fino poi a farsi speculativa e duale, poi frammentata, e infine relativista, con tutti gli effetti apocalittici sull'uomo e sull'ambiente che oggi sono evidenti in tutta la loro capacità distruttiva.

Malato di mente

In un tempo remoto, l'uomo animale deve avere subito e accusato un trauma talmente spaventoso.. (un'ipotesi potrebbe essere quella dell'impatto sulla Terra di una meteorite di dimensioni gigantesche)- da avere reso impossibile ogni capacità di potere assorbire il colpo ed essere metabolizzato dalla sua struttura psico-fisica, e che ha dato forma – in automatico - a una coscienza rudimentale, elementare.. a una sparuta ombra di ciò che oggi definiamo "consapevolezza". Questo evento apocalittico ha così alterato rovinosamente e irreversibilmente lo stato di equilibrio dell'uomo animale. Da quel germoglio di coscienza scaturita dal Trauma, si è originata la mente, e di colpo, come se si fosse riavuto, risvegliato da un sonno letargico, l'uomo animale dei primordi ha aperto gli occhi sul mondo esterno e su se stesso, dando luogo ad una separazione, ad una scissione del Sé, alla dualità della mente. Da qui è nata la sua prima domanda.. *"Chi sono.. da dove vengo.. dove vado?",* una domanda rivolta a se stesso.. un se stesso a lui sconosciuto fino ad allora, perché all'origine facente parte di un UNO inscindibile, ma che a causa del Grande Trauma si era scorporato, scollegato dal TUTTO, e cominciando a giudicare il mondo da un punto di osservazione soggettivo e relativo. Interrogativi, questi, sconosciuti a tutto il resto del regno animale, dove ogni creatura agisce e interagisce in virtù dell'intuizione, di un meccanismo olistico di reciproco scambio, e grazie ad una percezione trascendente alimentata dallo scorrere inalterato del flusso energetico universale. La prima domanda di questo nuovo e diverso uomo, ha prodotto di conseguenza la sua prima paura.

La mente, nel corso dei millenni, è divenuta sempre più potente, e sempre più profonda e destabilizzante la paura dell'uomo. L'escalation della Mente è stata vertiginosa, e gli effetti relativi alla sua brama di potere, alla sua sfrenata ambizione e pretesa di dirigere a suo piacimento il corso della storia, si sono rivelati a tal punto catastrofici, da avere condotto l'umanità verso il baratro della sua estinzione.

Tutto lo stupidario concettuale e tutto l'immaginario psicologico che la Mente duale e speculativa ha prodotto nel tempo, fino ai giorni nostri, ha generato negli individui un così acuto stato di sofferenza, di conflitto e di stress, da essersi resa necessaria per l'umanità, la dichiarazione di uno stato di calamità esistenziale. La società, la politica, l'informazione, la religione, la filosofia, la letteratura, la cultura, la scienza, la tecnica, l'arte, la storia, le guerre, e tutte quelle mostruosità, oggi definite scoperte e invenzioni - che hanno sommerso e soffocato nell'uomo animale le sue originarie peculiarità percettive, intuitive, la sua capacità di vedere e di prevedere - sono tutte quante relative a quelle stratificazioni concettuali e psicologiche, che nel corso della storia si sono sedimentate nell'uomo moderno, dopo avere contaminato la sua parte più sottile e profonda, e spodestato lo spirito incarnato dal suo trono di luce.

Per questo non possiamo parlare di evoluzione della razza umana, ma di una degenerazione.. di un processo necrofilo e suicida messo a regime dalla mente per soddisfare la sua arsura di distruzione e di morte. La sofferenza umana e la paura sono direttamente proporzionali al numero di pensieri e di concetti che formula nostra mente. Pertanto, "malato di mente", non significa che la sua mente è malata, ma che è malato, proprio perché ha la mente.

Alla domanda "chi siamo e dove andiamo" io rispondo che.. "noi siamo la domanda che ci poniamo e la risposta che non abbiamo" – per questo siamo!

Un'altra ipotesi - non meno probabile dal trauma generato dall'impatto di una meteorite – sta nella possibilità che la mente sia l'effetto di un'infezione causata da un virus.. milioni di anni fa. Da quel momento è avvenuta la separazione, la scissione, la creazione del concetto e dunque della dualità.. del giudizio: Il bene e il male, superiore e inferiore, bello e brutto.. mi piace non mi piace.. giusto e sbagliato.. competizione e narcisismo.. premio e castigo.. etc.. un immaginario psicologico e uno stupidario concettuale che ha prodotto sofferenza, conflitto, paura violenza e di distruzione.. fattori snaturanti totalmente assenti in tutte le altre creature viventi.. che si muovono per intuizione e per percezione spinte dall'eterno flusso della coscienza universale.. e per questo divine -

Per tale motivo l'estinzione dell'uomo è un dato certo, scientifico.. e oggi la Terra si appresta a liberarsi del suo peggiore parassita, il suo peggiore nemico.. l'uomo mentale.. facendo così rientrare lo squilibrio.. E non ha caso tutte le dottrine orientali ritengono il superamento della mente (la sua rimozione) la sola condizione per intraprendere il percorso della spiritualità che porta alla pace, alla comprensione della bellezza e alla beatitudine.

L'uomo dovrà tornare ad essere l'animale delle origini.. ritrovare la sua primordiale natura, con la profonda consapevolezza che ogni infelicità nasce dal pensiero e ogni gioia dal silenzio.

Dio e la scienza

Non possiamo pretendere che la mente umana sia in grado da sola di giungere alla comprensione dell'esistenza di Dio. La mente lo rappresenterà come un oggetto, lo assimilerà come un concetto - e pur sofisticata che sia (e proprio per questo) la sua resterà sempre una ricerca razionale, scientifica, cinica, speculativa, di linguaggio, il cui risultato finale deve necessariamente essere supportato da una inconfutabile prova provata e contemplare un ritorno vantaggioso.

Questo è singolare, considerando che tutta la cultura scientifica moderna si basa su teorie, ipotesi e bislacche supposizioni, scoperte ed invenzioni delle quali la sola cosa davvero certa sono le controindicazioni, le interazioni e gli effetti collaterali.

Del resto basta gettare uno sguardo disincantato sul mondo attuale per avere una conferma esaustiva di tutti i danni che la stessa ha prodotto sull'uomo e sull'ambiente.

È chiaro che la negazione di Dio implica la negazione dell'etica e della morale, e quindi la soddisfazione di ogni impulso e desiderio senza pagarne pegno. Diversamente non avrebbe senso questa presa di posizione!

Nella negazione di Dio si esalta il primato della mente, della ragione, è fuor di dubbio, dove la visione spirituale declina a orpello, a vezzo, a concetto obsoleto, superato, ma dirò di più, ad ostacolo sul percorso di un progresso e di processo di "civilizzazione" che ha trasfigurato la licenza il libertà, la furbizia in intelligenza, e consacrato la menzogna a regola relazionale e prassi comportamentale.

Credere all'esistenza di Dio, nelle sue più varie rappresentazioni, è una presa di coscienza che nasce da un'indagine spirituale. Negarne l'esistenza è una presa di posizione che si basa su un calcolo mentale.

La bestia nera

Anch'io un tempo ho avuto i miei momenti bui, quando la depressione con il suo scudiscio mi lacerava le carni. Così ho cominciato a pensare, ad analizzare, a sondare.. a scavare, a scavare, e ho scavato così tanto che mi sono ritrovato dall'altra parte nella medesima condizione, e peggio ancora. In quel momento ho capito una cosa essenziale, che se vuoi uscirne vivo "e ritornare a riveder le stelle", non devi fare altro che dimenticare, ignorare e seppellire per sempre i tuoi fantasmi dentro l'oblio di ciò che è stato, con tutta la rabbia, la consapevolezza e la determinazione del caso. Ho compreso che il mio nemico è la mente, il nemico N°1 del mondo, Lei, la Bestia Nera, causa di ogni distruzione e perversione, Lei, che si alimenta e prospera in virtù della paura, dei conflitti e del dolore che la stessa genera. Si.. la mente, che strategicamente aveva messo in ombra la mia parte sottile, più profonda, il mio spirito cosciente, generatore di amore di pace e felicità. Cosa che nessuno psicologo, psicoterapeuta o psichiatra che sia, ti dirà mai, perché oggi il disagio esistenziale e le nevrosi sono un business miliardario per medici e multinazionali farmaceutiche, che sulla tua "non guarigione" e dipendenza farmacologica accampano le loro insanguinate fortune.

E se te lo dice Tirelli, ci puoi credere senza esitazione.

Relazioni mentali

Il governo della mente

Deve essere chiaro.. "Mercati" significa "industria bellica" che per prosperare deve uccidere - "industria farmaceutica" che per prosperare deve fare ammalare - "industria chimica" che per prosperare deve contaminare - "industria dei Media" che per prosperare deve mentire, mistificare, tramare, complottare. Se i mercati sono euforici voi piangerete. Se i mercati festeggiano voi morirete. Se i mercati esistono voi non esistete. I mercati decidono le politiche degli stati.. gli stati sono governati dai mercati.. come l'uomo è governato dalla mente.

La fabbrica dei miti

Quel dono che permette ad alcune speciali persone di sapere e prevedere in anticipo ciò che dovrà accadere e che si manifesterà nel prossimo futuro, si deve alla loro capacità di sapere interpretare i segnali del presente, e proiettarli nel venturo. Questo le mette al riparo dagli effetti del trauma generato dall'avvenimento, avendolo loro già in precedenza metabolizzato, in virtù di una consapevolezza e di una conoscenza di tutti quei meccanismi e automatismi insiti nel principio di causa effetto; quella legge universale che tende a fare rientrare gli squilibri in atto, in tempo reale, per ripristinare l'armonia del flusso cosmico e la coerenza del suo eterno scorrere.

Sono persone in grado di anticipare il tipo e la potenza di reazione che si manifesterà, sulla base di un'osservazione libera, disincantata, non pregiudiziale delle pregresse azioni messe in atto.

Le delusioni nascono sempre dalle illusioni.. da una debolezza mentale, dall'apatia, dall'avere delegato a terzi le nostre responsabilità, dal sonno della ragione, quando la mente duale e la paura ci fanno credere a cose che non esistono e desiderare cose che non ci appartengono.

Al contrario delle persone speciali (ne ho parlato in testa all'articolo) esistono folle di persone "subnormali", gli ignavi cronici, che trascorrono la vita come se gli fosse tutto dovuto.. quelle che dicono "tanto non cambia niente".. le stesse che non hanno mai mosso un dito per cambiare le cose - le stesse che, di questi tempi, sono le più permeabili alla sofferenza, al conflitto, allo smarrimento, avendo sempre negato, per codardia, per apatia e quieto vivere, ogni evidenza, ogni dubbio, e ben lontani dal prendere una posizione. Tali soggetti sono esposti alla mitizzazione, all'idealizzazione dell'altro, nel quale ritrovano tutti quei talenti, virtù e capacità che credono di non possedere, ritenendoli traguardi irraggiungibili, inaccessibili per via di un'autostima e di una volontà defunte. Oggi questi individui si trovano impreparati ad affrontare una realtà che frantumerà il loro Io in mille pezzi, fino alla follia!

Il danno psicho-mentale-esistenziale dovuto alle restrizioni (limitazione della libertà) imposte dalla circostanza Covid 19, sta mandando in corto circuito il sistema nervoso e cardiovascolare e ghiandolare dell'uomo, già da tempo compromesso dallo stress e da un iper-lavoro mentale psicologico.

Quella fiducia cieca, irresponsabile, ad oltranza che le masse hanno riposto nel Sistema, nella scienza e netta tecnologia, oggi è venuta meno, si è disciolta come neve al sole. La Grande Illusione di un mondo sotto lo stretto controllo di "dei incarnati dai super poteri" che promettevano benessere, libertà e felicità, si è infranta dinanzi ad una realtà dei fatti, che non solo a messo in discussione ogni presunto concetto di progresso, di civiltà, e di evoluzione, ma ha relativizzato ogni preesistente convinzione religiosa, ideologica, scientifica, facendo precipitare l'individuo dentro un profondo smarrimento e l'abissale vuoto della solitudine. Un uomo costretto di colpo ad assumersi, in men che non si dica, tutte quelle responsabilità personali, che in precedenza aveva delegato al Sistema Potere, immaginando di potere scrollarsi di dosso un peso che riteneva insopportabile, e limitativo alla sua libertà.

Dunque non c'è da meravigliarsi se oggi la gente sbarella di cervello, se le patologie neurologiche, neuro-degenerative, e auto-immuni si diffondono a macchia d'olio, se gli stati depressivi, bipolarità e dissociazione sono in crescita esponenziale. Non sono che gli effetti dovuti di un modus vivendi snaturato, che abbiamo a-dottato a stile di vita, e di cui oggi ne stiamo pagando lo scotto.

L'atroce sofferenza fisica e psicologica che sta devastando le società moderne consumiste, ha raggiunto livelli tali da avere innescato negli individui un meccanismo di autodistruzione. Individui che fino a ieri sopravvivevano al peggio alimentando le loro dipendenze, e sottraendosi alle loro debolezze, paure, nevrosi e conflitti, attraverso distrazioni di ogni tipo, e abitudini strutturali scandite con metodo nella quotidianità senza alcuna eccezione di sorta.

Oggi, diversamente, con le restrizioni imposte a causa del Covid, questi soggetti, incapaci di adattarsi alle regole, perdono il controllo, annullano ogni freno inibitorio, ogni buon senso, e come tossici, in crisi di astinenza, vagano alla ricerca di quella "dose" giornaliera di "svago e piacere" che possa colmare il loro vuoto esistenziale e liberarli dai morsi della depressione. Questo li porta a mettere a rischio la loro vita.. un rischio che esorcizzano in gruppo.. negando coralmente l'esistenza del pericolo, e addebitando il tutto ad un complotto mirato a danno dei cittadini; un'ipotesi fantascientifica.. un escamotage indotto dall'ossessione del tossico che, per assenza di volontà, di consapevolezza e di alternativa, non vuole e non è in grado di rinunciare alla sua "dose psicotropa" per evitare di precipitare negli abissi della sofferenza. Così si nega una realtà evidente, mettendo a rischio l'incolumità degli altri. Questa perversa e inedita forma di autodistruzione sta contagiando tutto il pianeta fino a decretare la fine dell'umanità.

La mente è un computer

La mente è un computer e tale deve restare - non può avere alcun potere decisionale, è fuori dalle sue competenze.. né può essere interpellata per questioni che riguardano la sfera delle emozioni, sensazioni, degli affetti, della percezione e dell'intuizione, né può entrare nel merito di temi e quesiti che sono di esclusiva pertinenza dello spirito, della nostra parte sottile, più profonda. Più la mente sa, più dati, codici, schemi e nozioni ha immagazzinato, e meno l'uomo sarà in grado di uscire da quel labirinto, dalla ragnatela, da questo ginepraio nel quale si è infilato. Il potere della mente si è formato sulle stratificazioni sociali, ideologiche, culturali, scientifiche e religiose che nel tempo si sono sedimentate in noi, annullando ogni possibilità di potere vedere il mondo e se stessi con la chiarezza e l'evidenza necessaria alla comprensione dell'infinito.

La sofferenza umana è definita dalle proiezioni mentali rivolte al passato e al futuro.. in breve alle sue paure. Ma la vita è nell'istante, nell'infinito presente, dove non esistono attese, pretese, aspettative, speranze, perché e saperi.. dove la sofferenza è estranea, e dove la mente non ha patria. La mente ci porta continuamente ad indulgere nell'identificazione con i pensieri, con qualcosa o qualcuno, alla mitizzazione, essendo ignorante e grossolana per definizione. La mente è solo una banca dati, è sterile, è morta, non ha niente di creativo, niente di costruttivo, niente di morale. È un mero contenitore dal quale possiamo attingere solo dati tecnici, meccanici.. è una memoria. L'idea che in qualche modo ci possa sorreggere, aiutare, confortare alla soluzione dei nostri problemi, è a dire poco suicida. È come volere mettere la nostra vita nelle mani di un robot, di un androide, di un frullatore.

L'orribile mondo che abbiamo edificato è una sua creatura - è l'effetto perverso della dualità della mente, delle sue lusinghe, illusioni e seduzioni.. specchietti per le allodole che fanno leva sui lati peggiori dell'individuo.

Nessuna forma di vita esistente sul pianeta è a conoscenza del concetto di bene e di male, di superiore e di inferiore, di bello e di brutto. Solo l'essere umano.. o umanoide che sia.., diversamente, vive e si misura con questi e dentro questi parametri mentali speculativi creando identificazione, separazione e conflitto. La mente duale genera squilibrio, scissione.. schizofrenia, dissociazione, bipolarità, personalità, dopo avere rimosso nell'uomo la sua unicità, la sua interezza con il Tutto, con l'UNO, occultato il suo spirito cosciente, e interrotto lo scorrere del flusso energetico universale. La mente è quel blocco di energie oscure negative che ci impediscono di osservare la realtà nella sua oggettività e presenza. Da qui la depressione.. e tutte le varie forme, patologie e disturbi legati al sistema nervoso e alla psiche.

Da questa circostanza relativa al Covid 19 non ne usciremo.. perché tutto ciò che verrà messo in campo per arginare, contrastare e sconfiggere il virus, risulta improprio, inadeguato al genere di battaglia che dobbiamo affrontare. Perché di natura mentale. Vaccini, distanziamento, mascherina, restrizioni, etc.. sono strumenti spuntati, palliativi, di fronte alla reale natura del virus con cui abbiamo a che fare, e dei suoi scopi mirati, e ben lontani da ciò che la grossolana mente umana è in grado di comprendere. Se non chiudiamo le fabbriche inquinanti, se non bonifichiamo le aree e i territori contaminati, se non sospendiamo le emissioni di gas serra nell'atmosfera, se non la finiamo di riversare sostanze tossiche nelle acque, se non vietiamo per sempre gli allevamenti intensivi, se non ci conformiamo alle leggi della natura, se non abbiamo cura e rispetto del creato, se l'etica non torna a determinare le nostre scelte e l'amore a inondare i nostri cuori, se dunque non imprimiamo un cambiamento radicale e sostanziale alle nostre società malate, nevrotiche e consumiste, se non facciamo questo.. allora dimentichiamoci ogni futuro.. perché all'orizzonte si stanno addensando tragedie e catastrofi inenarrabili che ridurranno l'umanità ad un pugno di mosche.

Dobbiamo distaccarci da tutto ciò che temiamo di perdere per rinascere liberi.

Quando diciamo di soffrire è solo la nostra immaginazione che soffre. Ciò che va e viene è l'ego... il nostro stato naturale è la felicità.

La mente perversa

Quando una società arriva a ritenere un diritto ed espressione della libertà il cambio di sesso, la manipolazione degli embrioni, il riconoscimento giuridico dell'identità di genere delle persone transgender, la possibilità alle coppie dello stesso sesso di adottare figli, l'utero in affitto, di manipolare e contraffare il proprio corpo, la stessa pratica dell'espianto e trapianto degli organi (traffico compreso, che io considero un'aberrazione e un moderno esercizio pagano di necrofilia), che non ha minimamente turbato le supposte coscienze di natura etico-morale del Clero secolare e di tutti i seguaci adoranti.. allora siamo di fronte a una società malata nel profondo, in cancrena. Una società dove si autorizzano i trattamenti su minori con bloccanti ormonali per la pubertà, per il cambio dell'identità di genere (LGBT), la dinamica poliamorosa, relazioni aperte, relazioni polimono, scambismo, giochi di ruolo – bdsm - e altre tipologie spesso di non facile comprensione, quando si arriva a questo, significa che tutto è oramai alla totale degenerazione. Aspettiamoci a breve una legge che sancisca il diritto alla pedofilia, all'incesto, al satanismo, e chissà quale altra perversione la mente umana sarà in grado di partorire. La strada intrapresa è questa, e la fine è inevitabile, ineluttabile.

Io non sono certo un moralista, un puritano, un bigotto, né cavalco ideologie di alcun tipo, né appartengo a congreghe religiose.. a sette integraliste di invasati di misticismo.. niente di tutto ciò - lungi da me tutta questa fogna. Il mio giudizio su tali aberrazioni nasce da un'evidenza disancorata e sradicata da qualsiasi interesse di tipo materiale, religioso, psicologico, ideologico e culturale, e si attesta sulla base di una visione etica, sulle fondamenta della legge suprema che traccia quei limiti oltre i quali la libertà si fa licenza, permissivismo, dove la perversione e la pulsione da soddisfare trasfigurano a diritto sancito dalla legge. A questo punto, e con questi precedenti, ogni categoria umana si riterrà nella facoltà di pretendere una norma costituzionale che promuova e tuteli le intemperanze della sua natura bizzarra, senza alcuna restrizione e ostacolo di sorta.

Come non capisce la gente, mi domando, che libertà, felicità e armonia non possono esistere al di fuori delle regole e della legge divina? Immaginate per un momento tutte le altre specie animali comportarsi alla pari dell'uomo! Cosa ne sarebbe di questa nostra terra… se non un bordello a cielo aperto.. un cumulo di macerie, di dolore e di orrore? E per una gran parte ci siamo riusciti da soli!

Non a caso questo nostro mondo si è ridotto nelle condizioni drammatiche in cui si trova, dove tutti, pagando e prostituendosi, possono soddisfare ogni elucubrazione e mania, dare fondo ai loro lati ed istinti peggiori, deviazioni e dipendenze, .. una società tragicamente malata, in decomposizione, marcia fin dentro il midollo, che cerca in tutti modi di sottrarsi alla sofferenza generata dallo squilibrio mentale dilagante, dalle nevrosi, dagli stati depressivi, dalla bipolarità, dalle paure e dai conflitti, attraverso dosi sempre più massicce di depravazione, che oggi si attesta a diritto irrinunciabile, e a sinonimo di una libertà compiuta. Un'umanità dall'indole necrofila che ha pianificato la sua estinzione, attraverso quell'idea di libertà dove ognuno può esprimere e realizzare il peggio di se, senza alcun impedimento, e rigettare ogni critica e giudizio al mittente, giudicandoli fattori di inciviltà, e ostacoli sulla via del progresso. E dove la volontaria sottomissione alle proprie debolezze e dipendenze, si è fatto eroico processo di liberazione dai tutti quei vincoli ritenuti moralistici, obsoleti, che impedivano il coronamento di una libertà compiuta. Sembrerebbe folle, ma le cose stanno esattamente in questi termini. Del resto, oggi, chi opera nella ragionevolezza, nella misura, e in conformità con regole e principi, è additato a sovversivo, a terrorista, a elemento disturbatore al mantenimento dello status quo, destinato all'isolamento coatto, per essere esempio destabilizzante del processo di civilizzazione.

Di questi tempi, tempi bui, anche contaminare si è fatto un diritto. Ammorbare le acque, l'aria, il territorio, con gli intrinseci effetti correlati sulla salute, è una prassi comune a tutti; una speciale "licenza di uccidere" che il comparto industriale si è concesso con il beneplacito della politica, e di tutti gli interessati al grande business. Allo stesso modo vale per tutta quella montagna di pornografia che gira in rete, che si appella al diritto di libertà sessuale, per commercializzare la sua lurida mercanzia e ricavare profitti miliardari facendo leva sui lati più bassi dell'individuo. Il nostro è un sistema sociale rigidamente mentale speculativo, che diversamente dal guarire l'uomo dalle sue debolezze e fragilità, le cavalca, le sfrutta, le amplifica, ci fa cassa, ne aumenta il disagio, per poi proporre vizio e depravazione, come sola e unica cura contro il dolore, l'ansia, la depressione e la paura. Risulta evidente che l'individuo mentale di questa società tecnologica non nutra nessun interesse e trasporto verso la natura, nessuna attrazione per la sua bellezza, niente che un campo, un prato, un fiume, un'alba, un tramonto, un fiore, una foglia che cade, o il vento che danza fra le chiome degli alberi, possa suscitare in lui un'emozione, un sentire, una gioia, una qualsiasi cosa che lo appaghi nel profondo, e acquieti le turbolenze della sua anima. E di fronte a tanta vergogna, tutti zitti, ognuno preso dal suo miserabile orticello: stato, chiesa, politica, intellettuali, artisti, filosofi.. sepolcri imbiancati occupati nell'esercizio della vanità, di un narcisismo che prevarica ogni buon senso, dignità e dovere.. mentre tutto degenera, si sgretola, imputridisce e muore, dentro una deriva morale e etica che non ha precedenti nella storia del mondo. Tutto questo orrore si è potuto realizzare dal momento in cui la mente ha preso pieno possesso della nostra vita, deciso le nostre scelte, i nostri comportamenti, i nostri pensieri, uniformando al ribasso, alla mera soddisfazione materiale la coscienza collettiva - metastasi di un liberismo selvaggio, cancro sociale, che ha generato ignoranza, competizione, sopraffazione, corruzione, facendo tabula rasa di principi, valori, e tradizioni, e di tutte quelle peculiarità intuitive, percettive e creative che un tempo definivano e caratterizzavano l'ancestrale conoscenza umana. Una società che finge di unire, ma nei fatti divide, separa, contrappone gli uni agli altri, per meglio controllare e sfruttare masse di uomini oramai ridotti a schiavi consenzienti, a involucri inoffensivi.

La felicità è uno stato naturale -
la rinascita dello spirito

Il nostro stato naturale è la felicità, e questo vale per ogni altra forma di vita. La mente ha sconfessato questa verità, questo dogma, e traghettato l'umanità verso le irte e desolate lande della sofferenza.. sofferenza fisica, psicologica ed esistenziale. Siamo esseri difettosi, ai quali è stata sottratta ogni possibilità di riscatto.. e la capacità di discernere ciò che è bene per noi da ciò che ci uccide.

Un bambino, da quando viene alla luce, è felice per definizione.. felice per la gioia di essere al mondo, di essere stato liberato dalle tenebre del nulla. Lo stesso vale per un cucciolo di leone.. di scimpanzé, di balena, etc.. - ma poi, con il passare del tempo, a causa delle interazioni e dei condizionamenti indotti dal nucleo familiare e dal mondo esterno, il "bambino umano" subisce un'opera di contaminazione educativa e comportamentale che lo costringerà a sviluppare la mente e ad accrescere il suo potere, a danno dell'intuizione, della percezione e dell'ispirazione creativa. Così quel bambino, un tempo innocente, puro e libero da giudizi e pregiudizi, inizia a memorizzare, a codificare, ad elaborare, a confrontare, a giudicare, a separare e, peggio ancora, comincia a pensare e ragionare.. a dare forma al suo Ego. In questo modo si avvia su quel percorso di sofferenza dal quale difficilmente si potrà liberare. Il cucciolo di leone no.. avrà sempre la felicità nel cuore, il bisogno di contemplare.. di ammirare, di meditare, di giocare, costantemente collegato al flusso eterno della coscienza universale che si alimenta di gioia e di amore.. e che in tempo reale va a rimuovere tutto ciò che ne interrompe e ne contrasta il suo equilibrio.

Il pensiero, il ragionamento, l'immaginario psicologico e lo stupidario concettuale, sono tutti insieme la causa prima del nostro dolore e dei nostri conflitti. È un dato inconfutabile che riscontriamo nella vita di tutti i giorni, e che è ben rappresentato dal sistema mondo che abbiamo che abbiamo creato. Così trascorriamo l'esistenza a fare proiezioni sul passato e sul futuro, ad alimentare aspettative, pretese e speranze, a progettare la nostra vita, a giudicare, a separare il bene dal male, il superiore dall'inferiore, il bello dal brutto, a cercare risposte ai nostri perché, senza capire e vedere che i nostri interrogativi non sono altro che trappole, che la realtà/verità è palese, chiara, evidente, e che questa infinita ricerca che immaginiamo sia la "conoscenza" e la panacea delle nostre paure, altro non è che una perversione della nostra mente.. una sua degenerazione; le sabbie mobili dentro le quali verremo risucchiati.

Più informazioni, più dati, schemi e nozioni noi immagazziniamo, più si amplificano i nostri conflitti, problemi, interrogativi e giudizi – questo è pacifico, scientifico.

Nascere in un contesto naturale, libero, in autonomia, lontano da ogni contaminazione sociale, culturale, religiosa e mediatica, impedisce all'individuo di formulare schemi mentali, ragionamenti e supposizioni, estranei e antitetici alla sua realtà, alla sua sopravvivenza e del nucleo familiare. Impedisce all'uomo l'accesso al dolore.

Alcuni individui, nonostante tutto il caos di valori e il relativismo imperante, hanno conservato quell'istinto atavico che li spinge verso un ritorno alla natura, alla terra, a ricollegarsi con il tutto inscindibile, percependo questa scelta il solo modo per ritrovare la pace, la salute e la gioia di vivere. Questi soggetti saranno i testimoni e gli artefici di una nuova rinascita dello spirito.

La scomparsa dell'uomo

La mente è duale per definizione.. separa l'individuo, lo scinde, crea il conflitto che, a sua volta, genera la paura... porta all'identificazione nell'altro, che riteniamo esempio da perseguire, da emulare e, all'opposto, da combattere, da sopprimere.. buttando così alle ortiche la nostra identità.

Definire l'essere umano uno psicopatico, un depravato, un malato di mente, o uno schizofrenico, non lo definisce, non lo rappresenta per quello che in realtà è ..! L'uomo di questo secolo possiede le stesse caratteristiche di un diavolo.. ha gli stessi fini, usa gli stessi mezzi.. pratica la necrofilia.. e questa è la metafora più attinente alla realtà.. Così si nutre di distruzione, di odio, di paura, di solitudine, di competizione, come tutte le energie oscure .. all'opposto degli animali che sono divini .. colme gli alberi.. che si alimentano di gioia, di stupore, di grazia .. come bambini.. e di questa gioia ne fanno sacro dono alla coscienza universale .. a Dio.

Società, religioni, ideologie, scienza, filosofia, cultura.. etc.. .. non sono che le illusioni plastiche di un grande minestrone concettuale.. stratificazioni psicologiche che nel tempo si sono sedimentate nell'uomo fino ad oscurare il suo spirito divino.

Non esiste nulla di superiore e di inferiore su questa terra.. solo l'uomo, unico fra tutte le creature viventi, ha creato questa differenziazione, causa la quale ha dato forma alle peggiori perversioni e atricità decretando così la sua estinzione.

Caro Zombie ti scrivo... così mi distraggo un po'

E poi si risentono. Se la prendono se li chiami zombie – ma non puoi essere che uno zombie quando neghi l'evidenza delle scie chimiche e poi credi alla bufala dello sbarco sulla luna e all'esistenza degli alieni – quando credi alla bontà di migliaia di prodotti pubblicizzati dai Media come miracolosi, elisir di felicità e di lunga vita, mentre dovrebbe essere chiaro ed evidente anche al più somaro, che è tutto falso, che è tutto un grande inganno. Sei uno zombie quando credi che l'obbligatorietà vaccinale sia a tutela della salute, e non vuoi vedere che è solo un colossale business delle farmaceutiche di Satana che fanno cassa sulla nostra pelle e quella dei nostri figli.

Come fai a non definirli degli Zombies quando pensano che il consumo di marijuana sia nocivo alla salute e, di contro, si imbottiscono di psicofarmaci di sintesi ritenendoli la cura migliore alla soluzione dei loro problemi psicologici, psichiatrici e neurologici? Sono gli zombies che immaginano di potere raggiungere la felicità attraverso il consumo sistematico di beni terreni, di prodotti industriali, fino a diventarne dipendenti, quando è vero l'esatto contrario: quando la felicità, per sua natura, si alimenta delle ragioni dello spirito, vive di spazi aperti, di silenzio, quando il cuore contempla la straordinaria bellezza della creazione, e la pace dell'anima si fa meditazione e trascendenza.

Sei uno zombie patentato quando bruci il tuo sacro tempo, stando ore ed ore a smanettare con il tuo infernale smart-Phone del cazzo, quando tifi come un invasato la tua squadra di calcio e non vuoi vedere che è tutto un grande e sporco giro di affari, di sponsor, e tu sei solo uno dei milioni di allocchi di cui il Sistema si serve per incamerare denaro e consolidare il suo potere.

Ma che cazzo stai facendo? Non vedi che stai distruggendo la tua vita? Alzati coglione, spegni la televisione... alza quel culo flaccido da quel divano di morte! Sveglia zombie... apri gli occhi, apri il cervello, apri il tuo cuore... butta nel cesso tutto quello sterco tecnologico mentale che ti incatena alla sua sinistra volontà... ti stai ammalando, rovinando, per poi perderti fra i labirinti della paura, dell'eterno conflitto.. e allora niente e nessuno ti potrà risparmiare da una vita di sofferenza, di paura e di rimpianto.

Sei uno zombie certificato perché ti appassioni con morbosità a programmi demenziali del genere "Il grande fratello e l'Isola dei famosi", quando io vorrei vederti passeggiare nei boschi, camminare sulla riva del mare, nuotare nelle fresche acque di un fiume, leggere un libro, scrivere un verso poetico – vorrei vederti intagliare un pezzo di legno, fino a trasformarlo in un oggetto, in una creazione, in qualcosa di veramente tuo, di unico, oltre l'imperante omologazione e tutte quelle perversioni che il sistema Bestia ti ha spacciato per libertà, fattore di progresso e di conoscenza. Solo cazzate...!. Si.. caro amico zombie, vorrei vederti dissodare un campo, seminarlo e poi raccogliere i frutti della tua fatica che si è fatta passione e felicità.

Se diventato uno zombie perché hai lasciato che il nostro mondo venisse distrutto da un manipolo di potentati venduti a Satana, senza che tu muovessi un dito.. sei uno zombie perché non hai alcuna consapevolezza di tutto questo, non hai forza di volontà, coraggio, nessun tipo di fede e ideale. Non hai nessun reale motivo per vivere – sei uno zombie perché ti limiti a respirare, a mangiare, a cagare, a dormire, a chattare.. ma vali meno di un contenitore di plastica che il mare ha riversato sulla spiaggia – perché il tuo spirito è morto, è un vuoto incolmabile che risucchia nel suo vortice la tua miserabile esistenza.

Saluti a casa…

È tempo di alzare la testa

Se questo isolamento coatto ci ha insegnato qualcosa, se abbiamo imparato la lezione, allora dobbiamo subito ripristinare le scale di valori, il merito, l'etica, e restituire dignità e decoro a chi dedica la sua vita agli altri, a milioni di persone che si abbrutiscono dentro fabbriche assordanti, mettendo a repentaglio la propria salute e l'integrità della propria famiglia. Tutto il Sistema va resettato, ribaltato, ricostituito dalle fondamenta, per dare giustizia, uguaglianza e vera libertà ai cittadini... oggi considerati al pari di bestie da macello destinate all'allevamento intensivo.

Non è più possibile sopportare l'inverosimile disparità di retribuzione fra un metalmeccanico e un calciatore, fra un conduttore televisivo e un infermiere, fra un amministratore delegato ladro e un eroico vigile del fuoco, fra un politico parassita e un insegnante.

Questo puttanaio inverecondo deve finire... chiede vendetta. Basta con la pubblicità ingannevole che pubblicizza prodotti spazzatura spacciandoli per miracolosi e imperdibili. Basta con gli Sponsor che corrompono le regole del mercato e dopano i testimonial pur di farli vincere. Basta con la menzogna... basta con la corruzione... basta con il consumismo demenziale.

È tempo di alzare la testa, di raddrizzare la schiena, di tirare fuori i coglioni... perché i nostri figli aspettano da noi un grande atto di coraggio, uno sforzo di volontà che possa loro garantire un futuro degno, libero e felice.

La potenza dell'invisibile

Abbiamo arsenali bellici di distruzione di massa così potenti da fare saltare in aria l'intero sistema solare, ma niente di niente che possa contrastare e sconfiggere un pericolo invisibile della grandezza inferiore ad un micron. Ci siamo inventati tutto per distruggere e per distruggerci, sperperando immense risorse, contaminando ogni anfratto del pianeta, ma niente per confortare la pace, per la salute e la felicità. Il mercato globale ci offre un'infinita serie di "puttanate" in tempo reale per riempire il vuoto cosmico di una solitudine dilagante, e di uno stato depressivo imperante. Questo mondo che inneggia al progresso scientifico e tecnologico mi fa vomitare; è una cloaca infetta, un ricettacolo di depravazione e di perversione, un deserto di tenebre, dove masse di decerebrati passano il loro tempo a soddisfare dipendenze e debolezze, resi inoffensivi e malati da una crescente sedentarietà invalidante e da una totale assenza di forza di volontà – uomini come larve, come numeri, come macchine, come vuoti a perdere dentro questa discarica che ancora chiamiamo "vita"… un mondo sacrilego, idolatra e pagano, dove i concetti di spiritualità, di etica, di compassione, di fratellanza e d'amore sono stati rigettati e sostituiti da schemi mentali speculativi che hanno prodotto quel disastro morale, spirituale e ambientale che è sotto i nostri occhi. Questo sistema di vita progettato dal capital liberismo satanico relativista ha le stesse sembianze di un inferno, a capo del quale gruppi di potentati predatori rettiliani hanno pianificato uno sterminio di massa per appagare la loro necrofila sete di sangue.

La strada che conduce al cielo

Non c'è cosa più crudele per un uomo di essere rinchiuso in un centro di detenzione nella devastante attesa di quel giorno in cui verrà eseguita la sua condanna a morte. Così è la nostra vita su questa terra. Questa è la metafora.

Tutto ciò si è reso possibile solo perché abbiamo una mente, una memoria, pretese, speranze e ambizioni. Gli animali non vivono questi processi mentali, non hanno proiezioni future, non giudicano, non cercano, non progettano, non hanno domande da porsi.. vivono nell'eterno istante del presente, si affidano al flusso universale, e questo impedisce loro ogni sofferenza psicologica ed esistenziale per ciò che potrà loro capitare domani. Gli animali sono esseri perfetti, divini, mentre noi umani, a causa del contagio della mente, avvenuto milioni di anni fa, ci siamo ridotti ad esseri difettosi, a parassiti distruttori che presto la Madre Terra resetterà dal suo programma.

Per esorcizzare un tale maleficio, la gente si organizza in distrazioni di ogni tipo, socializzando, alimentando dipendenze, concedendosi al vizio, parlando in continuazione, ripetendo come in un loop le cose di sempre - altri si concentrano sulla carriera, nel raggiungere traguardi, nel superare i propri limiti, altri ancora nell'esercizio di accumulare denaro ed accrescere il loro potere. C'è chi si fa prete, chi massone, chi terrorista, chi buddista, chi calvinista, chi satanista.. e tutti ad identificarsi con qualcosa e con qualcuno pur esorcizzare la loro fottuta paura della morte. Ma tutto questo non serve a nulla, se non ad amplificarne il disagio, il con-

flitto interiore e la paura. E quando la vecchiaia si farà
sentire, con tutti gli effetti del caso, l'esorcismo perderà
tutta la sua forza di suggestione - l'illusione si infrangerà, e la vita ci troverà nudi difronte alla disarmante realtà. In quel momento capiremo che tutto quell'agitarsi,
quel cercare, quell'incessante andirivieni, quell'assordante e sterile chiacchiericcio della nostra mente, e
tutte le risposte che cercavamo di dare ai nostri perché,
altro non era, che il resoconto delle nostre paure:
l'asservimento coatto alle pretese del nostro carnefice -
la MENTE.

Abbiamo deciso per la strada più facile, per una
scorciatoia in discesa, attratti dalle lusinghe e seduzioni
della propaganda mediatica che prometteva benessere e
libertà per tutti; quella strada che si inoltra nelle tenebre
e ci conduce al baratro. Abbiamo creduto di potere fottere la vita, le sue regole, le sue leggi, al pari di "divinità incarnate" capaci di sapere dirigere il proprio destino.
E oggi paghiamo il prezzo della nostra codardia, della
nostra disobbedienza verso imperituri principi etici che,
da sempre, governano e monitorano la vita di ogni creatura terrestre, nel mantenimento dell'equilibrio cosmico.

Poveri uomini, senza volontà e senza senno.. che la
morte vi trovi vivi!

Il perverso potere della mente

Durante la prima parte della mia vita.. niente di tutto ciò che facevo era collegato e connesso alla mente. La mia mente se ne stava zitta, era in pace, a riposo.. neppure immaginavo potesse esistere: un'amorosa ancella, rispettosa e riservata, delegata al servizio della mia intuizione e percezione. Tutto in me era spinto e deciso da una volontà esterna superiore, trasportato da un flusso energetico universale al quale mi affidavo senza esitazione, come un atto di fede, certo che null'altro al di fuori del mio essere fosse per me degno di così profonda considerazione e di amore.

Mi sentivo di appartenere ad un tutto inscindibile, dove ogni cosa era collegata, complementare all'altra, in un indissolubile processo di simbiosi che ristorava in tempo reale ogni creatura e forma vivente del pianeta Terra.

Poi venne il tempo della comunicazione, delle aspettative e dei progetti, delle speranze e delle pretese, il tempo delle ideologie, delle tecnologie e della competizione, delle metropoli caotiche e stressanti.. il tempo buio delle illusioni. La modernità sfornava a ciclo continuo novità, comodità, nuove tendenze, scoperte ed invenzioni, a pari passo con tutte le controindicazioni e gli effetti collaterali di questo Luna Park della follia di massa.

Questo (si è) è stato il terreno di coltura, dove la mente umana ha radicato ed espresso il peggio della sua natura, facendo leva sugli istinti più bassi, egoici e narcisistici dell'individuo. Un tale stato di cose ha generato ansia, nevrosi, conflitto.. e la Paura, si, la Paura, come un virus pandemico, ha contagiato tutta l'umanità e prodotto dolore. Nessuno si è potuto sottrarre da un tale maleficio, e io stesso, per un lungo periodo, mi sono dovuto immergere e sporcare nella fetida fogna del relativismo imperante e pagarne lo scotto in termini di sofferenza psicologica ed esistenziale. Di contro, restavo sempre in ascolto di quella parte sottile e.. spirituale che da ragazzo aveva alimentato la mia percezione, la mia intuizione, indicandomi sempre la strada giusta da seguire, dispensandomi gioia di vivere, leggerezza e spensieratezza.

Così dopo quegli anni di tribolazione, un po' alla volta ho riacquistato la mia vera identità, l'autenticità del mio vivere, ribaltando la mia vita e attuando quel cambiamento di sostanza e di valori che non può prescindere in nessun modo dal rapporto con la natura, dal silenzio, dall'umanità, e da una libertà compiuta.

In questa ritrovata dimensione di rinascita spirituale, la mia mente si è acquietata, rassegnata, ritirandosi in buon ordine nelle buie stanze del suo castello di specchi e di illusioni infrante. Oggi la mia percezione è a pieno regime, l'intuizione ha affinato il suo sguardo sul mondo, e liberato i miei sensi da ogni proiezione sul passato e sul futuro. Vivo l'istante in una totale presenza.

Pane al pane

"Pane al pane e vino al vino", sono parole fondamentali, dotate di una potente carica semantica, utilizzate come metafore e figure letterarie, come modelli delle verità più immediate, dei significati più profondi e più elementari. Per il fatto di essere tra i più antichi segni umani della terra, il pane e il vino diventano simboli della nostra stessa identità. Chiamare le cose con il loro nome, per restituire, in un tempo difficile e confuso, significato e valore alle parole, per ritrovare il senso vero e profondo della realtà che rischiamo di perdere, abbagliati dallo sfavillio dell'effimero che oggi abita le nostre   vite.
Il cibo, come il sesso e poche altre cose, è in grado di procurarci quell'innocuo e rigenerante "piacere" che ci pone nella posizione, un gradino più in alto, nella scalata che tentiamo di compiere per il raggiungimento della felicità. Ma oggi, cibo e sesso, come tutto del resto, che siano emozioni, aspirazioni, passioni, verità, bellezza, giustizia e libertà, non sono che orpelli – gli elementi dissonanti e caricaturali di una società che ha trasfigurato la sua originaria vocazione al bene comune, in una messinscena carnevalesca, volgare, deprimente e chiassosa; dove l'IO spirituale soccombe, travolto da un effimero materialismo volto alla soddisfazione in tempo reale di ogni dipendenza, più basso istinto e desiderio. Quale stupido, dunque, può ancora credere che sia la fame di pane a ricompattare le masse occidentali consumiste, e accendere rivolte e sommosse contro il Sistema Bestia che, giorno dopo giorno, ha vampirizzato le nostre vite e oscurato il futuro dei nostri figli? Non è forse più plausibile e drammaticamente reale, pensare

(visto il livello di collettiva omologazione delle coscienze), che l'inevitabile e imminente ribellione sociale sarà scandita al grido di "prendeteci tutto – ma non il cellulare, ridateci le fabbriche – non fateci zappare?". Oggi tutto è anacronistico, fuori luogo, equiparabile e relativizzabile. Per tanto, il pane ed il vino della modernità (lontani dall'essere assunti a parametri di riferimento e di comparazione dei nostri bisogni essenziali), non hanno più valore di un abbonamento a Sky, di un derby calcistico, di una crema anti rughe, di una ricarica telefonica, di un reality, di un condizionatore o di un aperitivo al bar.

Ogni cosa che rotea in questo grottesco Luna Park delle illusioni è l'esatto contrario di come dovrebbe essere. E così, il pane non è più pane, ogni cosa è un'altra cosa, manipolata, filtrata e contraffatta dall'ingegnosa opera di multinazionali criminali, che per facilità di applicazione e mero profitto, hanno anteposto la forma al contenuto… la licenza alla libertà. Niente ha più sapore, odore, calore e colore! Tutto è piatto, neutro, come il grafico delle nostre emozioni e della nostra conoscenza delle cose. Nessun atto d'amore è contemplato nel Mercato del Grande Malfattore, ma solo brama di ricchezza e di potere, volti alla soddisfazione di vizio e perversione.

Un'ipotetica rivoluzione globale, non sarà dunque, relativa alla richiesta dei beni essenziali, ma degli effimeri. Un caso unico per eccezionalità nella storia dell'uomo ma un classico del relativismo, dove ogni cosa è lecita, e le attenuanti soggettive sono sdoganate come supremo atto di libertà.

L'uomo mentale di questo secolo è privo di ogni tipo di intraprendenza e non è assolutamente in grado di po-

tersi adattare agli imminenti effetti catastrofici di portata planetaria innescati dai cambiamenti climatici.
Per tutti questi motivi soccomberà schiacciato dal peso
della sua ottusità, ignoranza e stupidità, mettendo così
fine alla sua apparizione sul pianeta terra.

Posseduti dalla mente

Voi credete di pensare ma è la mente che pensa, credete di decidere ma è la vostra mente a decidere, voi agite ma è la mente che ordina – tutte le aspettative e le pretese che avete, in verità le ha la vostra mente - ciò che progettate è il progetto della vostra mente, ogni vostra paura, ansia e conflitto sono generati dalla vostra mente, ciò che dite esce dalla bocca della vostra mente, tutte le vostre parole d'amore, la commozione, le promesse di eterna fedeltà, i vostri sogni di pace.. sono una commedia recitata dalla vostra mente sul palcoscenico della finzione. Siete convinti di esistere, ma la sola cosa che esiste in voi è la vostra mente.

Siete posseduti della mente, e non esiste ancora un esorcista che vi possa liberare dalla bestia! Per questo tutto va a precipitare, a finire, fino al giorno in cui lo spirito cosciente si potrà reincarnare nell'uomo nuovo.. nell'uomo puro, nel seme originario.

Riequilibrio cosmico

Un robot è un robot.. imposti un programma, fai cick, e lui esegue ogni funzione e applica ogni schema in maniera scientifica, senza margine di errore. Ma il robot non ha un'anima, non ha uno spirito, non un cuore, e questo gli evita di provare dolore, conflitto e paura. Benché oggi l'uomo sia più simile ad una macchina, ad un androide, si comporta esattamente come un robot rispondendo a tutto ciò che il Sistema mediatico insinua nella sua mente computer. Ma pur residuale che sia, l'individuo conserva ancora nel profondo il seme originario che ha determinato la sua esistenza sul pianeta. Da qui nasce quel conflitto (scontro) a livello inconscio, fra la sua parte mentale duale e la residua spirituale. Questa persistente battaglia fra opposte fazioni antitetiche fra loro, è la ragione prima di tutta quella sofferenza psichica ed esistenziale che da tempo, come un contagio, sta invalidando l'intera umanità. Solo ristabilendo le priorità dell'umana natura, e solo sottostando alle sue leggi, possiamo forse sopravvivere al cambiamento in atto, e al suo rivoluzionario piano di riequilibrio cosmico.

Se non spegnete la mente non potrete accendere la Vita

Una società basata sulla competizione, sulla complicazione, sulla carriera e sul mercato libero, non può che generare frustrazione, maldicenza, tradimento, menzogna, delazione, corruzione, usura, sopraffazione.. e dare vita a moltitudini di servi, di schiavi, di lacchè, che si combattono l'un l'altro, senza esclusione di colpi, per scalare la piramide del potere. Questo genera un decadimento etico e di valori.. stress, nevrosi, contaminazione, squilibrio e malattia. Una tale società cova in seno il germe dell'autodistruzione pianificandone la sua imminente scomparsa.

Oggi siamo ad un punto di non ritorno di questo processo necrofilo in atto, e saranno tali e tante le tragedie e le catastrofi che si abbatteranno su questa umanità dissoluta e pervertita, da potere stabilire come tempo massimo di vita, una decina di anni al massimo!

Questo nostro mondo complesso e complicato, non è rappresentativo dell'intelligenza umana, ma è il frutto di un'abissale ignoranza condivisa, coltivata e praticata nei secoli. È l'espressione più eloquente della mente razionale e speculativa che, per sua natura, è portata ad essere contorta, tortuosa, problematica, oscura.

L'individuo moderno della società tecnologica rappresenta l'ignoranza ai suoi massimi livelli di sempre, in tutte le sue paure e conflitti.

Se l'essere umano fosse davvero l'animale intelligente che si ritiene, si esprimerebbe con idee semplici, soluzioni creative, intuizioni geniali, prive di controindicazione ed effetti collaterali. Diversamente non è in grado - non avendone le capacità percettive e intuitive - di giungere a risultati oggettivi, non relativistici, senza distruggere, manipolare e profanare l'esistente.

Viviamo in una società fatta di numeri, di parole, di schemi, di codici, di informazioni, di formule, di algoritmi ed equazioni.. un ginepraio inestricabile.. un inferno rovente dentro il quale stiamo bruciando le nostre vite fra conflitti, nevrosi e paure.

La complessità è la morte dell'etica, dei valori, del buon senso, e prevarica tutta quella parte sottile, profonda e spirituale che dall'alba dei tempi è alla base della felicità umana e di una buona salute, fisica e psichica.

Non si giunge alla verità attraverso ragionamenti complessi, ipotesi, teorie scientifiche e indagini psicologiche – tutto questo è la sua morte e la causa prima della nostra sofferenza - la verità non è "un mentale.." non è "un concetto.." è un "sentire" - e questo vale per la felicità, per la libertà, e più ancora per l'amore.

La complessità si muove all'interno di quel labirinto di parole e di numeri, dove si vorrebbe separare ciò che è giusto da ciò che non lo è, il superiore dall'inferiore, il male dal bene. Ma nessuno al mondo può separare ciò che è unito da sempre!

Tutte quelle categorie di personaggi (resi popolari alle masse di androidi), che oggi vengono definiti "geni", esperti e luminari, si enumerano in un folla di narcisisti senza scrupoli che hanno contribuito in forma massiccia al dilagare della complessità, dei suoi effetti distruttivi sull'ambiente, fino a farne un modello, uno standard del sapere.. a danno di una semplicità prolifica, creativa, che nell'essenziale" esprime la forma più alta di conoscenza, di sapienza, di consapevolezza e livello di coscienza.

Pertanto, se siete infelici, demotivati, apatici e senza forze, lo dovete a quel persistente e assordante chiaccchiericcio della vostra mente duale (opportunista per definizione), che perdura nel comunicarvi infinite opzioni, possibilità e speranze .. per come uscire dai vostri problemi.. ma senza indicarvi la soluzione più conveniente ed efficace - un conflitto irrisolvibile.. dunque! una strada cieca senza via di uscita.

Se non spegnete la mente non potrete accendere la Vita.

Se asportassimo dall'uomo la sua parte mentale, allora il divino si manifesterebbe in noi in tutta la sua magnificenza, mettendo fine alla dualità, alla separazione, e a tutto quello stupidario concettuale e psicologico, responsabile di ogni sofferenza, del degrado ambientale. Sarebbe la rinascita della gioia di vivere, della semplicità, il trionfo della bellezza e della libertà. Ma è talmente incarnata la mente nell'uomo (una sorta di possessione) da averne fatto un corpo unico, rendendo impossibile discernere l'uno dall'altra. Questo è il motivo che ha determinato la sua imminente estinzione.

Non possiamo dirigere nulla, non c'è niente da cercare, niente da capire, progetti da fare.. è tutto inutile, perdiamo solo l'occasione di essere felici e in pace.. perché La Vita accade adesso, in questo istante, e "noi" con essa.

Se asportassimo dall'uomo la sua parte mentale, allora il divino si manifesterebbe in noi in tutta la sua magnificenza, mettendo fine alla dualità, alla separazione, e a tutto quello stupidario concettuale e psicologico, responsabile di ogni sofferenza e del catastrofico degrado ambientale. Sarebbe la rinascita della gioia di vivere, della semplicità, il trionfo della bellezza e della libertà. Ma è talmente incarnata la mente nell'uomo (una sorta di possessione) da averne fatto un corpo unico, rendendo impossibile discernere l'uno dall'altra. Questo è il motivo che ha determinato la sua imminente estinzione.

Siate i sopravvissuti

Il grande inganno è l'averci fatto credere che la vita sia un percorso per ottenere risultati e raggiungere traguardi. Niente di più falso e di più ingannevole!

La vita è un cammino da percorrere nudi, spogliati di ogni ambizione, competizione, liberi da tutto ciò che è caduco, effimero e illusorio.

Liberatevi dalla zavorra della mente, mollate la presa, spegnete il controllo, fatevi leggeri, consapevoli, affidatevi fiduciosi e senza pensieri allo scorrere del flusso universale ascendente –non lasciate che la paura domini sulla vostra anima e alieni lo spirito divino che alberga nel vostro cuore.

Credete alla vita perché la vita crede in voi, amate come l'amore vi ama, siate innocenti perché solo nella purezza saprete riconoscere la verità. Perché solo nel luogo non luogo della verità sarete felici e in pace.

Non siate i vincitori, non siate gli sconfitti, siate i sopravvissuti, i testimoni oculari e spirituali di quel potente cambiamento in atto che vi traghetterà verso i lidi della conoscenza trascendente, oltre le suadenti e seducenti lusinghe della mente duale.

La verità è un sentire

Non si giunge alla verità attraverso ragionamenti complessi, ipotesi, analisi, teorie scientifiche e indagini psicologiche – tutto questo è mentale.. è la morte della felicità, e la causa prima della nostra sofferenza - la verità non è "un mentale.." non è "un concetto.." è un "sentire" - e questo vale per la felicità, per la libertà, e più ancora per l'amore.

La complessità si muove all'interno di quel labirinto di parole, di schemi e di numeri, dove si vorrebbe separare ciò che è giusto da ciò che non lo è: il superiore dall'inferiore, il male dal bene, la regola dall'eccezione. Ma nessuno al mondo può separare ciò che è unito da sempre!

Tutte quelle categorie di personaggi (resi popolari alle masse di androidi), che oggi vengono definiti "geni", esperti, scienziati e luminari, si enumerano in un folla di narcisisti senza scrupoli che hanno contribuito in forma massiccia al dilagare della complessità, dei suoi effetti distruttivi sull'ambiente, fino a farne un modello, uno standard del sapere.. a danno di una semplicità prolifica, creativa, che nell'essenziale" esprime la forma più alta di conoscenza, di sapienza, di consapevolezza e livello di coscienza.

Pertanto, se siete infelici, demotivati, apatici e senza forze, lo dovete a quel persistente e assordante chiacchericcio della vostra mente duale (opportunista per definizione), che perdura nel comunicarvi infinite opzioni, possibilità e speranze .. per come uscire dai vostri problemi.. ma senza indicarvi la soluzione più conveniente ed efficace - un conflitto irrisolvibile.. dunque! una strada cieca senza via di uscita.

Va compreso che la verità non è mai relativa, ma diversi e relativi sono i vari punti di osservazione dai quali la si guarda, sulla base del livello di consapevolezza di ognuno. Ma quando piove.. piove per tutti!!! comprendere il meccanismo!

Gli effetti delle nostre scelte sono la prova della bontà o meno del nostro punto di vista. Come puoi sostenere in assoluto che tutto è relativo? È un ossimoro.. un contrasto logico -relativa è quella parte dell'assoluto che non abbiamo saputo comprendere.

Se non spegnete la mente, non potrete accendere la Vita.

Una società piramidale

Viviamo in una società piramidale, speculativa e mentale, dove si è estinta l'autonomia e l'autosufficienza della civiltà contadina (quindi la libertà e la salute) e dove tutti sono sottomessi, subalterni, e dipendono da qualcun altro che sta ad un gradino sopra loro. Questa nuova condizione di vita, di vita moderna, materialista, edonista e liberista, ha scatenato la corsa di tutti alla scalata del potere, piccolo o grande che sia.. dal semplice vigile urbano, al direttore di banca, dall'amministratore delegato, fino su… ai vertici del potere della piramide. In questo perverso meccanismo di perenne competizione e di sopraffazione tutto è ammesso, senza esclusione di colpi: gli individui mettono in evidenza i loro lati peggiori e peggiori istinti, surclassando ogni limite etico, morale e deontologico, e non avvertendo alcun senso di colpa. Così, corruzione, tradimento, delazione, menzogna, usura, contraffazione e servilismo.. si sono fatti gli strumenti per potere accedere ai piani alti della propria categoria, trasfigurando la società, un tempo definita civile, in un coacervo di trame, di ricatti, di compravendite.. dove i più predisposti all'illegalità e al crimine ricoprono le più alte cariche del potere e oggi governano il mondo.

Una società basata sulla competizione, sulla complicazione, sulla carriera e sul mercato libero, non può che generare frustrazione, maldicenza e conflitto, e dare vita a moltitudini di servi, di schiavi, di lacchè, che si combattono l'un l'altro con ferocia.

Questo genera un decadimento etico e di valori.. stress, nevrosi, contaminazione, squilibrio e malattia. Una tale società cova in seno il germe dell'autodistruzione pianificandone la sua imminente scomparsa.

Oggi siamo ad un punto di non ritorno di questo processo necrofilo in atto, e saranno tali e tante le tragedie e le catastrofi che si abbatteranno su questa umanità dissoluta e pervertita, da potere stabilire come tempo massimo di vita, una decina di anni al massimo!

Da questa fogna se ne esce solo con un ritorno alla Madre Terra, all'autonomia di un tempo, all'autosufficienza.. recuperando quei valori di solidarietà e di fratellanza delle origini, che sono alla base della convivenza fra le persone, e sinonimo di felicità, di salute e libertà.

Uomini come pappagalli

Gli uomini sono come dei pappagalli.. non sanno niente, non creano niente, non comunicano niente.. ripetono a memoria tutto ciò che la loro mente ha appreso sui banchi di scuola, che la televisione ha inculcato loro, omologati dalla convincente e seducente propaganda di sistema. Esseri despiritualizzati ridotti a meri involucri.. senza una coscienza, un'identità, senza un'anima.. veri androidi, numeri, cestini della spazzatura pieni zeppi di informazioni, di dati, di notizie, di codici, di schemi, di parole, .. di tutto ciò che è sterile, effimero, illusorio, non creativo, ma palude di menzogna di disvalori.. le sabbie mobili della paura.. una paura che inghiotte nel suo vortice ogni residuo barlume di felicità, di speranza e d'Amore.

Alle soglie della verità

Se non abbiamo idea di cosa sia una possessione, non possiamo comprendere la struttura della nostra mente, e della mente in quanto tale, né la sua vera natura, né le sue trame ed intrighi. Siamo sempre convinti che tutto ciò che facciamo, che pensiamo, che giudichiamo, che desideriamo e progettiamo, siano tutte funzioni frutto di un libero arbitrio, ce ne assumiamo la paternità, ma in verità, a decidere per noi è sempre lei, la mente, un'energia oscura, retrograda e parassita, che si è insinuata nel corpo eterico e generato quello stato di dualità che è alla base dei nostri conflitti, paure e nevrosi, cause a loro volta di sofferenza, depressione e solitudine. Ma noi siamo altro rispetto alla mente, siamo fatti di un'altra sostanza, i nostri scopi sono agli antipodi, antitetici rispetto alle finalità della mente, sono opposti e contrapposti: l'uno è il bene e l'altro il male, l'uno unisce l'altro divide, uno crea e l'altro distrugge. Per acquisire questa consapevolezza e la capacità di sapere vedere le due cose distinte, i veri noi stessi da una parte e la mente dall'altra, necessità uno sdoppiamento, una separazione, una disponibilità che ci collochi su un piano neutrale, dal quale osservare in maniera imparziale le oggettive responsabilità e prerogative dei due antagonisti.

Da quel privilegiato punto di osservazione tutto ci sarà chiaro, indubbio, e tale sarà lo sgomento nel "vedere" che tutte le nostre scelte, le attese, le pretese, le ambizioni e desideri, non era altro che quella Grande Illusione che la nostra mente proiettava sulla nostra vita dirigendone i passi e scandendone gli umori. Arrivati a questo punto, abbiamo messo un piede sulla soglia della conoscenza, e da li possiamo partire per quel viaggio dentro noi stessi che conduce alla pace, alla gioia.. e alla verità.

La liberazione dal dolore

C'è troppo dolore nel mondo, troppi conflitti e paure, .. menzogne, atrocità, conflitti e perversioni - il vaso è colmo, le resistenze si spezzano, il chiacchiericcio ammutolisce.. tutto va spegnendosi, senza esplosioni, senza scompiglio, senza bestemmie.. solo il silenzio della fine che annuncia l'alba della nuova era.

L'individuo di questo secolo trascorre una gran parte del suo tempo alla ricerca delle cause che hanno generato le sue paure, i conflitti e le nevrosi, e non comprende che sta proprio in questa ricerca la prima causa della sua sofferenza. Quando smetterà di cercare, di capire, di giudicare, di separare, e di essere qualcosa o qualcuno, quel giorno smetterà di pensare. E solo allora si sarà liberato dal suo più grande nemico: la mente, il carnefice di ogni sua felicità e libertà.

Mai come in questo ultimo secolo l'umanità ha prodotto una tale quantità di dolore, e così devastante. E non un dolore sano, purificatore e guaritore, ma sporco, distruttivo e contagioso. Un dolore ingenerato dall'orrore, dall'odio, da guerre fratricide, dagli stermini, dalle perversioni, depravazioni - il dolore pungente della paura, degli stati neurologici e depressivi, originato dalle infinite malattie e patologie di questo secolo contaminato, ammorbato dall'ansia, dall'angoscia.. il dolore delle crudeltà e delle ingiustizie.. il dolore del rimpianto e delle delusioni - il dolore di essere al mondo quando la Grande Illusione si infrange sotto i nostri occhi..! Questo è il motivo che ha decretato la Fine di tutto.. quell'opprimente macigno di sofferenza che il cuore della Madre Terra non è più in grado di sostenere.

Abbiamo dunque il dovere supremo di liberarci dal dolore.

Questo è il nostro compito, l'obiettivo finale, la priorità su tutto il resto.

Il nemico da affrontare e sconfiggere è la nostra Mente, da dove ogni male e dolore proviene.

Quando la vittoria sarà completa, il corso del Flusso diverrà nuovamente leggero e armonioso, i blocchi energetici si dissolveranno. Quel giorno il Giudizio si inchinerà alla Compassione, e noi, liberati dalle spire della Bestia, potremo così elevarci, purificati, verso i piani più alti dello Spirito Cosciente. È questo il Giardino Celeste delle Verità Immanenti, dove la Gioia germoglia dal Sacro Cuore Immacolato della Pace Universale.

La strada che conduce al cielo

Non c'è cosa più crudele per un uomo di essere rinchiuso in un centro di detenzione, nella devastante attesa di quel giorno in cui verrà eseguita la sua condanna a morte. Così è la nostra vita su questa terra. Questa è la metafora.

Tutto ciò si è reso possibile attraverso la mente, la memoria, la codifica di tutte le previsioni, pretese, speranze, ambizioni, concetti, dati, informazioni e schemi che si sono sedimentati in noi, in forma di blocchi, generando un cortocircuito energetico. Gli animali non vivono questi processi mentali, non hanno proiezioni future, non giudicano, non cercano, non progettano, non hanno domande da porsi.. vivono nell'eterno istante del presente, si affidano al flusso universale, e questo impedisce loro ogni sofferenza psicologica ed esistenziale per ciò che potrà loro capitare domani. Gli animali sono esseri perfetti, divini, mentre noi umani, a causa del contagio della mente, avvenuto milioni di anni fa, ci siamo ridotti ad esseri difettosi, a parassiti distruttori che presto la Madre Terra resetterà dal suo programma.

Per esorcizzare un tale maleficio, la gente si organizza in distrazioni di ogni tipo, socializzando, alimentando dipendenze, concedendosi al vizio, parlando in continuazione, ripetendo come in un loop le cose di sempre - altri si concentrano sulla carriera, nel raggiungere traguardi, nel superare i propri limiti, altri ancora nell'esercizio di accumulare denaro ed accrescere il loro potere. C'è chi si fa prete, chi massone, chi terrorista, chi buddista, chi calvinista, chi satanista.. e tutti ad identificarsi con qualcosa e con qualcuno pur esorcizzare la loro fottuta paura della morte. "Se le persone non difendono queste immagini, pensano di non avere niente, di non essere niente, sono pronte a battersi per conservarle". La bellezza della vita è nell'istante. La vita non può limitarsi ad uno schema. Ogni religione, razza, etnia, conoscenza, nazionalità sono solo invenzioni della paura - la cultura, il mondo, la società, son altrettante invenzioni per non vedere in profondità. E tutto questo non serve a nulla, se non ad amplificarne il disagio, il conflitto interiore e lo smarrimento. E quando la vecchiaia si farà sentire, con tutti gli effetti del caso, l'esorcismo perderà tutta la sua forza di suggestione - l'illusione si infrangerà, e la vita ci troverà nudi difronte alla disarmante realtà. In quel momento capiremo che tutto quell'agitarsi, quel cercare, quell'incessante andirivieni, quell'assordante e sterile chiacchiericcio della nostra mente, e tutte le risposte che cercavamo di dare ai nostri perché, altro non era, che il resoconto delle nostre paure: l'asservimento coatto alle pretese del nostro carnefice - la MENTE.

Abbiamo deciso per la strada più facile, per una scorciatoia in discesa, attratti dalle lusinghe e seduzioni della propaganda mediatica che prometteva benessere e libertà per tutti; quella strada che si inoltra nelle tenebre e ci conduce al baratro. Abbiamo creduto di potere fottere la vita, le sue regole, le sue leggi, al pari di "divinità incarnate" capaci di sapere dirigere il proprio destino. E oggi paghiamo il prezzo della nostra codardia, della nostra disobbedienza verso imperituri principi etici che, da sempre, governano e monitorano la vita di ogni creatura terrestre, nel mantenimento dell'equilibrio cosmico.

Poveri uomini, senza volontà e senza senno.. che la morte vi trovi vivi!

Merda d'artista

JEAN CLAIR rifletteva: *"La scorsa estate, la decima Documenta di Kassel, pensata come una consacrazione, ha invece rivelato persino agli occhi dei più fanatici l'ampiezza del disastro. La vacuità del contenuto, la volgarità e la stupidità della maggior parte degli oggetti presentati, erano meno urtanti dell'apparato concettuale che, in catalogo, pretendeva di giustificarne la presenza...".*

L'Usura è la condizione caratteristica anche dell'Arte Contemporanea, perché ha fatto uscire il Lavoro dalla creazione artistica, teorizzando che dalle idee nascono le idee. Mentre capacità, esperienza, conoscenze e realizzazione dell'opera, sarebbero "un affare superficiale": una perdita di tempo.

L'Arte Contemporanea ha accettato le leggi della finanza, diventando l'ancella della filosofia globalizzata Parassitaria.

Se togli il Lavoro e l'esperienza dall'opera d'Arte, puoi manipolare meglio l'estetica e la produzione delle opere. È un esercizio di prepotenza che il Sistema Potere vuole espandere per dimostrare che oltre al denaro esprime "cultura".

L'ARTE È LA MASSIMA ESPRESSIONE DEL LAVORO; togli il Lavoro e togli l'essenza stessa dell'espressione artistica.

Quella che oggi, con una truffa lessicale e per una questione di comodo, abbiamo preferito definire "modernità”, non è l’espressione di una volontà comune volta al bene sociale, alla qualità della vita e ad un futuro migliore, ma è l’effetto collaterale grave di tutti quei comportamenti criminogeni perpetrati dal potere politico, economico/finanziario e mediatico, finalizzati all’interesse particolare e alla soddisfazione di ogni vizio e perversione.

La necessità di definire “moderna” l’Arte dei nostri giorni, ha lo scopo e l’intento di volere sdoganare “un qualcosa” che con l’arte (intesa nel suo più autentico significato) non ha nulla da spartire, ma ne è il suo esatto opposto, in netta antitesi con tutto ciò che la stessa si è sempre prefissa: onorare e rendere omaggio alla bellezza e all’armonia.

L’Arte nel suo significato più ampio, comprende ogni attività umana (svolta singolarmente o collettivamente), che porta a forme creative di espressione estetica, poggiando su accorgimenti tecnici, abilità innate e norme comportamentali derivanti dallo studio, dal sacrificio e dall’esperienza. L’arte è ispirazione, intuizione e genio, ma l’artista è impegno, fatica e sudore – il dolore è il collante di tutto questo.

Alcuni emeriti filosofi e studiosi di semantica sostengono con convinzione che esista un linguaggio oggettivo che prescinda dalle epoche e dagli stili, e che dovrebbe essere codificato per poter essere compreso da tutti, pur se gli sforzi per dimostrare questa affermazione sono finora stati infruttuosi. E non c’è da stupirsi.

Del resto, tutto ciò che oggi è definito “moderno”, sia che si tratti di architettura, di musica, di pittura o di scultura, di cultura, di guerra o della nostra stessa vita, non è, che la somma di quello scempio di valori, evidente a tutti, che si è accanito sulla nostra quotidianità, azzerandone la sua qualità e ogni riedificante anelito di bellezza e di felicità. La stessa "storia moderna" non è stata altro che un sistematico susseguirsi di tragedie e di violazioni, di catastrofi e allucinazioni, risultato ultimo di quella "moderna scienza" che, sulla profanazione dell'impianto etico, la mistificazione e la licenza, ha suggellato e coronato il suo perverso progetto di omologazione e di paura.

L'aria tossica delle nostre città, la contaminazione delle acque, il dissesto idro/geologico del territorio, tutta quella marea di rifiuti pericolosi dispersi e riversati in ogni dove e, più in generale, la catastrofe ambientale, sono i frutti velenosi prodotti dal Sistema Potere che si appella alla "modernità" come condizione ineludibile da perseguire ad ogni costo, con ogni mezzo, e attenuante tesa a giustificare ogni suo crimine.

L'arte come tale e in quanto tale, non si spiega e non si traduce; fugge ogni tempo, non è oggetto di mercimonio né strumento di indulgenza ascritto a sdoganare l'orrore e le oscenità di una realtà in putrefazione, per poi ergersi ad espressione intellegibile di ispirazione e creatività!

Ed è proprio attraverso quello strambo linguaggio, per brevità, definito "concettuale", che l'arte moderna intende spiegare i motivi di una tale degenerazione per poi affermarne la sua validità. Diversamente, niente di questo luna park dell'obbrobrio, discarica di pulsioni necrofile, avrebbe un senso e un significato, oltre alle ragioni addotte dallo stesso autore (per brevità, artista), che con uno sforzo sovrumano e una capacità di auto/convincimento fuori dal comune, intravede nella sua "opera" uno di quei supposti messaggi che oltre a lui, solitamente non scorge nessuno. Per tanto, queste nuove espressioni dell'arte, sono obbligatoriamente accompagnate da un libretto esplicativo sulle finalità dell'artista, il più delle volte sconosciute anche al medesimo.

Se vi è mai capitato di visitare una di queste "singolari" mostre d'arte moderna (che sia di pittura, scultura o altro), vi sarete trovati di fronte ad un indecente spettacolo di relativismo creativo (un vero delirio di elucubrazioni), che sull'incapacità del visitatore di dedurne una qualsiasi motivazione e guizzo di genio, accredita il suo significato ultimo: il Nulla! Un vero ed esaustivo trattato di psichiatria contemporanea, esposto in bella vista a beneficio dei tanti, dove tutto è concesso e tutto è possibile; dove la vanità si mescola ad una pretesa intellettualità e l'indecifrabile messaggio subliminale intrinseco all'opera, con lo stupore interdetto degli astanti. Un luogo infernale dall'atmosfera glaciale, dove orde di critici e fanatici, si sperticano in dotte disquisizioni e dissacranti citazioni, per conferire a quello spazio limbico, una sua dignità, un suo scopo e una ragion d'essere. Ma la ragione e con lei la bellezza, sono le sole che hanno disertato la festa. Un Red Party dove tutto è concesso – dove ogni ubriacatura e sballo, licenza, follia e menzogna, evaporano in un turbinio di parole vuote e dissonanti, rimandando la comprensione, alle elucubrazioni di una soggettività priva e privata di alcun fondamento culturale, supposto canone estetico, e principio etico.

Del resto, l'etica (se mai ancora qualcuno ne apprezzi il significato) è il terreno di coltura di ogni espressione umana, sia essa pratica o creativa, che si pone come confine invalicabile, oltre il quale, tutto trasfigura in licenza, profanazione e turpitudine, e ogni sentimento di autentica bellezza soccombe sotto la scure della violazione, dell'inettitudine e di un narcisimo frustrante e paranoide. Così, allo stesso modo, la conoscenza "moderna" fa il suo ingresso nella storia, parallelamente e congiuntamente alla rivoluzione industriale.

Il fine giustifica i mezzi se il risultato ottenuto non mette a repentaglio o va a sacrificare i diritti degli altri (in termini di qualità della vita, di libertà, di giustizia, bellezza e uguaglianza) e a insultarne l'intelligenza.

Gli scopi della "moderna scienza e conoscenza" procedono nella direzione opposta: interesse particolare, potere e privilegio. L'autentica passione per la conoscenza (che attinge le sue ragioni in un concetto di bene comune), ha trasfigurato la sua originaria funzione, in curiosità maniacale, effimera vanità, arsura di potere e facile profitto. La modernità, in tutte le sue espressioni, è una lista infinita di ipotesi e congetture, mercificate e propagandate, come miracolose e miracolistiche. I risultati sono effimeri e momentanei, e la sua potenzialità distruttiva, è reale e non opinabile.

La "moderna" conoscenza scientifica (come esempio) è una dimostrazione di illusionismo applicato alla realtà, che gioca sulla percezione falsata della gente. I suoi effetti devastanti sono sotto gli occhi di tutti.

L'arte "concettuale" (così definita a mero fine commerciale), è qualunque espressione artistica in cui i concetti e le idee espresse siano più importanti del risultato estetico e percettivo dell'opera stessa. Un bel giochino davvero! Il movimento artistico che porta questo nome si è sviluppato dagli Stati Uniti d'America (un classico di società relativista) a partire dalla seconda metà degli anni sessanta. Anche la Minimal Art (Minimalismo) ebbe origine negli Stati Uniti e fu contraddistinta dalla produzione di grandi strutture geometriche ingombranti, cromaticamente inquietanti e ispirate a fredde modalità puramente costruttive che privilegiavano una fruizione di stampo razionalistico e relativistico, priva di concessioni all'empatia o allo stesso godimento estetico.

Gli impacchettamenti del bulgaro Christo, artista proveniente dal Nuovo Realismo, fino agli interventi spettacolari dell'americano Walter De Maria (come The Lightning Field del 1977), fino alle passeggiate dell'inglese Richard Long, sono un esempio esaustivo di quanto l'arte moderna si sia posta a paradigma di quella catastrofe umana, ambientale e di valori che sta caratterizzando la nostra epoca.

"Merda d'artista" è il titolo di un'opera dell'italiano Piero Manzoni. Il 21 maggio 1961 l'autore sigillò le proprie feci in 90 barattoli di conserva, ai quali applicò un'etichetta con la scritta «merda d'artista». Manzoni mise in vendita i barattoli di circa 30 grammi ciascuno ad un prezzo pari all'equivalente in oro del loro peso. La creazione non mancò di suscitare un morboso interesse escrementizio, sia a causa della radicale rottura con la tradizione artistica del tempo che per l'evidente segnale di degenerazione e decadenza dell'arte.

Così si è espressa la critica: "L'opera, intende alludere con ironica metafora all'origine profonda del lavoro dell'artista, in senso più vasto dell'uomo che creativamente produce!"

È stato rilevato anche un lato poetico, quello della cessione da parte dell'artista di una parte di sé, in senso ironico: l'idea che un artista già affermato troverebbe mercato e consenso della critica, per qualsiasi sua opera che crea, anche le più scadenti e banali! Encomiabile! Attualmente, i barattoli sono conservati in diverse collezioni d'arte in tutto il mondo (ad esempio l'esemplare numero 4 è esposto alla Tate Modern di Londra e il barattolo 80 è esposto nel nuovo Museo del novecento di Milano) e il valore di ciascuno di loro è stimato intorno ai 30.000 e 50.000 euro.

Il mondo insensato della nostra epoca che al più presto la storia dell'uomo si appresterà a rimuovere e occultare (perché incapace di accettare e affrontare la vergogna prodotta dal mercimonio della sua anima, con il Maligno), esula da ogni concetto di evoluzione ed involuzione, per attestarsi come elemento di stagnazione degenerativa: la "modernità".

La scienza moderna, l'arte moderna, la cultura moderna e, in sintesi, la vita moderna (definite tali così da poterne giustificare, aberrazioni, incapacità e indolenza – ma più ancora, il confronto con la verità originaria), sono le metastasi delle società liberticide e relativiste, che sul consumismo fast food e nel profitto ad ogni costo (parametro principe e fine ultimo di ogni azione umana) sono oggi espressione di vuotezza, omologazione e squilibrio.

Articolo di grande calibro cucciolo. I dadaisti, così come altri, le loro ragioni e i loro presupposti, andavano e vanno bene per le vecchie guardie che ancora risentivano e risentono dei soli detriti di un ancien regi-

me secolare - esprimere senza esprimere, illusione di una libertà mai nata.   Le tue considerazioni attingono ad una fonte al di la di tempo e spazio, al di là di ogni possibile macchinazione e relativismo. Acquariano puro il mio Kiret Ram Singh. Ti amo infinitamente come sei tu. Chiara

Occidente, imperialismo e globalizzazione

Esiste il principio di responsabilità in base al quale ognuno deve prevedere e farsi carico degli effetti, conseguenze e controindicazioni prodotti dalle sue azioni. Come si può (senza avere una visione onesta e imparziale della realtà dei fatti) "tifare" per dei criminali imperialisti che hanno eretto le loro ipocrite democrazie sulla schiavitù, sul colonialismo, macchiandosi di carneficine inenarrabili in ogni parte del pianeta, bombardando e trucidando milioni di donne e di bambini innocenti con armi di distruzione di massa, batteriologiche, chimiche, al fosforo e nucleari, per consolidare il loro insanguinato bottino di guerra, fino al punto di sacrificare i loro stessi figli in patria, inconsapevoli e tenuti allo scuro dei misfatti dell'occidente perpetrati contro l'umanità? Questi signori delle libertà a prezzi di saldo che dietro il paravento mediatico della mistificazione si sentono al riparo da ogni attacco e rigettano ogni oggettiva responsabilità e colpa, sono in realtà i mandanti occulti delle stragi. Loro che da secoli hanno fatto "man bassa" di ogni risorsa naturale, sostenendo dittatori per meri vantaggi economici e geopolitici, per poi subito dopo assassinarli per gli stessi motivi. Siamo noi i grandi terroristi, l'occidente progredito ed evoluto, quelli delle grandi scoperte scientifiche e tecnologiche; quelli che sondano lo spazio alla ricerca di nuovi mondi abitati da colonizzare, mentre devastiamo irreversibilmente l'ambiente in cui viviamo, contaminando tutta la catena alimentare, mari, oceani, falde acquifere e milioni di ettari di territorio. Siamo noi, l'occidente, il cancro di questa disastrata Terra… siamo quelli del turismo sessuale, del traffico d'organi, della chirurgia estetica, della pubblicità pestifera, dello Sponsor, del traffico di armi e di droga… quelli che inneggiano alle radici cristiane e praticano la pedofilia come una conquista di libertà. Siamo noi, i moralisti cattolici, sepolcri imbiancati, fintamente umani e compassionevoli, fuori, ma pieni dentro di ossa di morti e di ogni sporcizia! Siamo quelli del Nazismo, della bomba atomica e del genocidio degli indiani d'America (100.000.000 di morti). Siamo quelli della ricerca e della certezza scientifica che rastrellano denaro fresco alla povera gente facendo leva sulle loro speranze in nome di una ipotetica cura che mai arriverà, e di quella in uso che li ammazzerà definitivamente. Siamo i più grandi esportatori del cancro; una vera pandemia che oggi frutta alle multinazionali farmaceutiche del crimine legalizzato, profitti miliardari.

E come da copione e secondo i canoni della più rivoltante ipocrisia occidentale, gli attentati di Parigi sono liquidati dall'informazione come gli atti terroristici gratuiti e fanatici contro le perbeniste democrazie del nord del mondo, che a loro dire sono a garanzia del diritto, della pace e della fratellanza. I Media internazionali, tutti uniti in un sol coro, danno fuoco alle polveri della propaganda di regime ottemperando alla loro opera di manipolazione di massa, che vuole gli islamici un branco di psicopatici criminali in cerca di emozioni, e l'occidente le caritatevoli crocerossine di un convento di clausura. Il principio di causa effetto viene così miseramente cestinato, ritenendosi l'occidente al di sopra di ogni sospetto, critica, responsabilità e presunta colpa, e che dall'alto del suo pulpito insanguinato punta il suo indice accusatorio contro quelle che sono state le vittime da sempre della sua secolare violenza imperialista.

E oggi, dopo i fatti di Parigi, l'occidente finge di piangere i suoi morti, dentro un cordoglio nauseabondo di frasi fatte, di agghiacciante retorica, di un'indignazione scaduta, di un orgoglio e di un amor proprio defunto. Loro, i grandi capi di stato e accoliti asserviti, che come attori navigati interpretano a memoria e per l'ennesima volta, quella tragica farsa scritta con il sacrificio di vittime ignare, costrette a pagare il prezzo dell'arroganza e della prepotenza dei loro stessi governanti. Eccolo l'occidente, l'artefice della tanto acclamata "globalizzazione", dove tutto può circolare liberamente… le armi, la droga, i rifiuti tossici, la prostituzione, la pedofilia, gli organi, l denaro sporco.. tutto, dico tutto, ad eccezione dei diritti umani.

Prepariamoci al peggio

Oggi le persone parlano, comunicano, si muovono, si agitano, mangiano, si accoppiano, ma in realtà sono morti che a mala pena respirano – mere strutture organiche di nessun valore e significato – zombie in cammino verso il macello del nulla. Sperare nel futuro, considera e presuppone un preesistente impianto etico che ne contenga i valori, significa auspicare un cambiamento, un miglioramento delle nostre condizioni di vita e dei nostri figli - un percorso rivolto alle ragioni dello spirito. Oggi questo flusso energetico creativo è stato interrotto, soppiantato dalle logiche mentali duali e speculative. Ci siamo impantanati dentro le sabbie mobili di una stagnazione senza precedenti, dove tutto va a degenerare, a marcire, a decomporsi – un meccanismo di autodistruzione che annulla qualsiasi visione di futuro, a meno da non ritenere la distruzione e la morte un loro sinonimo. Quando la proiezione di un tempo futuro in cui sperare viene annullata dalle contingenze di un presente statico, limbico, senza sbocchi e soluzioni, le tenebre si addensano e si materializzano fino ad oscurare ogni pallido riflesso, luce e bagliore. In questo crepuscolo gli uomini esprimono e danno forma ai loro peggiori istinti e pulsioni, esaltando le perversioni, il vizio, e pronti ad ogni dissolutezza, conformandosi alla nuova realtà, ritenendola come la sola modalità per sopravvivere. Così il dualismo fra bene e male viene a cessare, gli opposti si sovrappongono, si fondono, e tutto è veicolato dalle eccitazioni scomposte del lato oscuro. La capacità di scelta, che un tempo era prerogativa del libero arbitrio, lascia il passo alle suggestioni allucinogene di uno stato psichico fuori controllo, in perenne cortocircuito, causa di squilibrio e follia. La coscienza si dissolve, lo spirito abbandona il corpo per ascendere e rigenerarsi verso i piani alti e incontaminati dell'armonia cosmica, e prendere respiro. Tutto questo descrive la nostra attuale condizione umana; un mondo di anime perse avvolto e oppresso dall'oscurità e dallo smarrimento – fucina infernale del relativismo, dove il male in persona mette a regime le sue più sofisticate depravazioni, atrocità e crudeltà, scaraventando gli uomini dentro la più abissale delle solitudini. Quando l'uomo rimuove fino a cancellare i principi etici dalla sua coscienza, ritenendoli intralci, ingombri, impedimenti alla soddisfazione in tempo reale delle sue debolezze e dipendenze, fino a reputare questa operazione di smantellamento un esercizio di libertà, a quel punto il suo destino è segnato per sempre, e senza ritorno. E quando tutta l'umanità (come già accade) si adeguerà per emulazione ad un tale stato di cose, niente e nessuno, neppure lo stesso Dio, ci potrà salvare da quell'apocalisse strisciante che volteggia minacciosa sopra le nostre teste. Ripeto, senza etica non c'è vita, essendo la vita, una sua estensione. Prima fu l'etica e solo in seguito venne la vita. Prepariamoci dunque al peggio, perché la fine è adesso.

Il volto di Dio

Quando ho conosciuto i dottori, ho capito che il solo medico di cui potermi fidare ero io stesso.

Quando ho conosciuto i preti, ho capito che la sola cosa in cui dovevo credere ero io stesso.

Quando ho conosciuto i maestri, ho capito che il solo maestro dal quale avrei potuto imparare ero io stesso.

Quando ho conosciuto la mente, allora ho compreso che solo attraverso il mio spirito cosciente sarei giunto alla verità e alla pace.

Quando tutto questo mi è stato chiaro, mi è apparso il volto di Dio.

L'equazione del secolo

Quando hai a disposizione infinite possibilità per raggiungere uno scopo, quello scopo tende ad azzerarsi – si azzera la creatività, si azzera l'ispirazione, il talento, la volontà e l'ingegno – quando disponi di una sola possibilità, allora la creatività, l'intraprendenza, l'intuizione e l'ispirazione si centuplicano, e gli scopi si moltiplicano e si diversificano in forma esponenziale. Oggi tutti possono fare tutto e ei tutto di qualsiasi cosa.. è sufficiente disporre del denaro necessario per acquistare gli "strumenti" idonei al raggiungimento dello scopo. Se il tuo scopo è pescare pesci o cacciare, non hai che l'imbarazzo della scelta. Il mercato ti offre infinite possibilità. Ma c'è un problema.. il vero problema! E sta nel fatto che di pesci nel mare e di uccelli nel cielo non ce ne sono più. A che ti servono dunque tutte queste infinite possibilità se i tuoi scopi sono venuti a mancare? Vorresti suonare, cantare, essere un artista, e la scienza tecnologica ti mette a disposizione computer sofisticati, tastiere avveniristiche, campionatori di ogni tipo, e tutti si improvvisano musicisti, compositori, cantanti, ma di arte, di ispirazione e di creatività non c'è traccia alcuna. Tutti danno il peggio di sé, e il peggio trionfa, si fa tendenza e cultura. E questo avviene in ogni settore della nostra vita e con le stesse modalità, e drammaticamente nei rapporti fra le persone. Così l'amore si è perso nei labirinti oscuri della mente a rincorrere uno scopo che non esiste più. Non c'è dunque da meravigliarsi se oggi il mondo è un grottesco palcoscenico di ignoranza condivisa, presa a modello di modernità, di progresso e di benessere economico. E tutto ciò nasce dalla mente speculativa.

Da quanto detto, ho ricavato un'equazione, l'equazione del secolo, a dimostrazione di quanto effimero, illusorio e menzognero sia l'attuale Sistema Mentale che ci governa, sfrutta e manipola.

$\infty:0=1:\infty$ (infinito sta a zero come uno sta a infinito)

Indi per cui.. mentre Infinite possibilità azzerano lo scopo che intendevamo perseguire, una sola possibilità genera la "riproduzione" infinita di tutti gli scopi desiderati. Se l'uomo, in un confronto leale, potesse disporre di una sola canna da pesca con un solo amo, il mare e i corsi d'acqua brulicherebbero di pesci di ogni genere e specie – se per cacciare uccelli ci limitassimo all'uso di una fionda, di una trappola rudimentale, di un arco, il cielo magicamente si riempirebbe di stormi di uccelli. È scientifico e vale per tutto.

Questo ci dice in maniera eloquente, che ogni volta che l'essere umano prevarica i confini e limiti imposti dall'ETICA, dovrà pagare il prezzo della sua profanazione e della violazione di quei principi e valori che sono i cardini sui quali si muovono e agiscono tutte le divine creature della Madre Terra. Così sono stati traditi gli scopi che la scienza tecnologica ci prometteva e ci vendeva come fattori di libertà, decantando le infinite possibilità contenute nelle sue invenzioni e scoperte. Un flop senza precedenti! Oramai siamo ridotti a masse di zombi in cammino fra i roventi e desolati deserti dell'illusione, mentre la sete brucia le nostre gole, le nostre lingue, e anche l'ultima sorgente si è prosciugata sotto l'ardente calore della

Grande Stella infuocata che ci colpisce senza più alcuna barriera e filtro.

Dobbiamo dunque rifondare un mondo etico, e restituire allo "spirito cosciente" il suo trono, da troppo tempo e abusivamente presidiato dalla MENTE.

Storia di un'erezione mancata

Se una buona intesa sessuale è la condizione prima a spingere due persone a stare insieme, a sposarsi, beh, questa unione, presto o tardi è destinata a finire. Un giorno il desiderio si affievolirà e verrà meno.

Nella maggior parte dei rapporti di coppia stabile, il calo del desiderio è fisiologico alla natura umana. Eccezioni ne esistono, ma sono casi più unici che rari. Le vere ragioni e motivazioni che ci devono spingere a condividere la nostra vita con un'altra persona, sono di diversa natura, e sono le stesse che nei millenni hanno caratterizzato il corso della storia e dell'umanità.

L'erezione del pene è la condizione senza la quale nessun rapporto completo può avvenire, diversamente dalla donna, la cui eccitazione è strettamente subordinata e dipendente da questo fattore strutturale. E non sempre l'erezione è un automatismo. Sicuramente all'inizio è facilitata dalla novità, dagli stimoli e capacità erotizzante della femmina, dalla nostra fantasia, ma con il tempo e le ripetute performance, inevitabilmente la spinta iniziale viene man mano a scemare: i rapporti si fanno meno frequenti, e spesso accade che negli anni l'attrazione scompaia definitivamente. Ma questa non è una colpa, ma un processo naturale insito nell'essere umano mentalizzato.

Mantenere l'erezione costante nel tempo è un fatto straordinario, a dir poco eroico. Questo è il limite del maschio nel rapporto di coppia. Diversamente dalla donna che per fattori biologici aspetta solo di essere stimolata e di rispondere alle sollecitazioni. Il suo compito è di gran lunga meno impegnativo!

Se riteniamo il sesso la nostra ragione di vita dalla quale non possiamo prescindere, andiamo incontro ad un fallimento umano, spirituale ed esistenziale certo.

Il sesso non andrebbe vissuto come una dipendenza, un bisogno primario o, peggio ancora, come una valvola di sfogo alle nostre frustrazioni e alienazioni da disistima.

Il sesso è una cosa sacra, va dosato con parsimonia, ritualizzato, per farne l'altare di una comunione spirituale. Le nostre società vanno nel senso opposto, e i megafoni della propaganda di Sistema lo commerciano in ogni salsa, come un qualsiasi altro prodotto da banco. *"Se non scopi sei un fallito.. se non vieni non hai potere, non sei un uomo.. non sei vivo"*. Questo in sintesi è il messaggio che arriva da fuori, mandando in panico milioni di giovani con problematiche pesanti, spinti a dimostrare la loro virilità assumendo stimolanti di sintesi con tutte le controindicazioni e gli intrinseci effetti del caso.

Cosi la gente si fidanza, convive e si sposa – e poi si lascia, si separa e divorzia. In verità nessuno conosce veramente le motivazioni che hanno concorso all'unione, né tanto meno i motivi del distacco. Tutto si riduce all'affiatamento sessuale, venendo meno il quale, ogni riconciliazione decade. E senza capire che a rendere longevo il desiderio, non sono le nostre fantasie mentali, ma l'approccio che noi abbiamo con la sessualità.

Il vero problema di questa società malata e marcescente, sta nel fatto di non avere considerato tutti gli altri tipi di autentico orgasmo che la natura ci aveva dispensato fin dall'origine nella contemplazione della sua bellezza, e nelle appaganti seduzioni del trascendente.

222

Un clamoroso autogol

Il malato di mente cova in se la pulsione inconscia all'autodistruzione... lo stesso vale per il narcisista, per il drogato, per l'assetato di potere, di denaro.. e per tutti coloro che sono dipendenti e schiavi delle loro abitudini, debolezze e dipendenze strutturali. Una categoria di soggetti accomunati dall'incapacità di rinunciare ad alcunché di ciò che ritengono per loro indispensabile, vitale, come tossici alla continua ricerca di quella "dose" che, per un breve lasso ti tempo, li liberi dal loro cronico stato di sofferenza psicologico e disagio esistenziale. E che pur di appagare le loro insane "voglie" sono pronti a rischiare la vita, e mettere in serio pericolo quella degli altri. Il fatto è che nessuno di noi vince veramente, finché non vinciamo tutti! Oggi sono intere società a soffrire questa patologia degenerativa, dove milioni di individui sono riversi a tempo pieno sui loro miserabili interessi di bottega, preoccupati a coltivare il proprio orticello, a contare i loro profitti, infischiandosene di tutti gli effetti che i loro comportamenti egoici hanno sulla comunità. Ma oggi nessuno, che siano politici, imprenditori, scienziati, intellettuali o comuni cittadini.. ha davvero compreso la gravità di questa inattesa e drammatica circostanza.. del pericolo assoluto di questa pandemia da Covid. Pertanto ritengo folle e demenziale un qualsiasi allentamento delle restrizioni, delle regole, dei divieti.. giustificandoli come necessari per dare fiato all'economia, per non privarci delle strenne natalizie e delle ipocrite rappresentazioni volte alla bontà e alla pace nel mondo.. e amenità del genere. Una scelta, questa, irresponsabile e suicida; un clamoroso "autogol" che pagheremo a caro prezzo, e dalla quale difficilmente se ne uscirà.

Un percorso d'amore

Se vivi nel meccanismo di una metropoli, allora tutti i giorni sono maledettamente uguali, scanditi dagli stessi impegni, dagli stessi orari, abitudini, stessi svaghi, incontri, stessi gesti, stesse parole, stessa routine, una terribile quotidianità che ha il sapore della sopravvivenza. Che senso e valore può avere ripetere per anni, per decenni, per una vita, le stesse cose che hai fatto il giorno prima, e che rifarai il giorno dopo, come se la tua vita avesse la durata di 24 ore? Se poi succede che, per un motivo qualsiasi, per un inconveniente, devi rivedere per un certo tempo le tue abitudini, i tuoi impegni, e rinunciare ai tuoi hobby.. allora ti senti perso, sfasato, squilibrato.. un pesce depresso fuor d'acqua.

Diversamente, se vivi in simbiosi con la natura e in totale autonomia, tutto questo non accade e non può accadere. Allora il tempo della tua vita ti sembrerà infinito, i tuoi interrogativi si dissolveranno difronte alla bellezza del creato - leggeri saranno i tuoi pensieri, lontane le tue paure, le tue ansie, e ogni giorno il tuo cuore sarà avvolto dallo stupore, e la tua anima dalla passione. La strada della vita si inoltra verso le sacre ragioni dello spirito cosciente; un percorso di luce e di pace che rende ogni attimo della nostra esistenza, leggero e colmo d'amore.

Una camera a gas chiamata Padania

Vorrei ricordare ai signori della Padania che in soli cinquant'anni hanno trasformato il loro territorio in un deserto. Pesticidi, diserbanti, antiparassitari e intrugli chimici di ogni genere, hanno per sempre resa sterile la terra, un tempo più fertile e produttiva del nostro paese. L'uso e l'abuso, poi, di tonnellate di fertilizzanti, di concimi chimici, e alimenti dopati per uso animale, fanno dei prodotti di questa terra, quanto di più inquietante potremmo trovare sulle nostre tavole. Una gran parte dei prodotti di questo territorio sono OGM.

Per non parlare degli allevamenti intensivi, a migliaia, disseminati sul territorio padano che riversano nelle acque liquami e reflui animali che, sappiamo bene, essere fonte di contagio virale e batterico.

Nell'acqua usata per irrigare campi e prati sono disperse percentuali inimmaginabili di diossina, metalli pesanti, arsenico, pcb, clorurati, e un'infinita varietà di veleni industriali che una moltitudine di fabbriche riversano nei fiumi, trasformandoli in cloache a cielo aperto. La loro flatulenza e i miasmi si mescola con l'aria circostante già pregna di CO2, diossina e fumi tossici di ogni natura.

L'Adriatico, a partire dal golfo di Trieste in giù, fino a Bari, è uno fra i mari più inquinati del pianeta. Come non potrebbe essere diversamente, quando la più grande industria chimica d'Europa, vanto dei padani, ha sede nel caotico Nord?

In questa enorme vasca da bagno si riversano alcuni dei fiumi più tossici d'Europa e del globo terraqueo. Il Po', fiore all'occhiello della Lega e meta di riti paganocomici, accoglie nel suo percorso verso l'Adriatico, affluenti come il Lambro, l'Olona, il Ticino, l'Adda ecc, e infiniti rigagnoli, canali e torrentelli che con il loro carico di bombe chimiche (pcb, diserbanti, pesticidi, antiparassitari & C.), vanno ad aggiungersi alle flatulenze e miasmi del "grande fiume" padano.

Tutta questa merda chimica mortale finisce come lo scarico di un grande cesso "nell'Adriatico selvaggio, che erboso era come i pascoli dei monti! "

Se a tutto questo aggiungiamo gli infiniti scarichi delle stazioni balneari, e le tonnellate di abbronzanti, creme rassodanti, snellenti, tonificanti e rivitalizzanti (trionfo della chimica) che milioni di bagnanti senza speranza, cospargono sui loro corpi deformati da anni di sedentarietà al chiuso di asfittici e mortificanti uffici e di malsane fabbriche fumanti, allora, ogni speranza a trascorrere una vacanza salutare e rigenerante viene miseramente disattesa.

Non possiamo non considerare, nonostante la loro natura biologica, migliaia di ettolitri di urina, sputacchi e scorregge che pur mimetizzandosi fra le torbide acque, concorrono ad elevare la percentuale di inquinamento del "Grande Stagno Morto".

Ciò nonostante e per un perverso meccanismo introdotto dal "profitto ad ogni costo", che sulla mistificazione della realtà ha mercificato ogni cosa e valore, il litorale adriatico è costellato da "bandiere blu" a certificare il massimo livello di qualità di queste mete turistiche e di uno svago senza precedenti. Le "bandiere marroni" sarebbero molto più appropriate!

L'Italia del Nord risulta essere uno fra i tre posti più

inquinati e caotici del pianeta. Ha inoltre il primato e il vanto di ospitare la più grande industria chimica d'Europa.

Lombardia e Nord Est detengono la prima posizione per patologie tumorali e neurodegenerative, per consumo di psicofarmaci, antidepressivi e di cocaina – non che la leadership per turismo sessuale con minori, prostituzione giovanile e per numero di omicidi domestici.

Parlare dunque di evoluzione del popolo padano, è a dir poco sconcertante. Basterebbe fare un'indagine fisiognomica dei volti dei loro governati e dei direttori di alcune testate giornalistiche "indigene".. per avere un quadro chiaro sulle loro origini bovare.

Vorrei anche sfatare il luogo comune che li vuole lavoratori instancabili e indefessi, quando in realtà sono degli scansafatiche cronici, viziosi, che all'azione e alla fatica hanno anteposto il pettegolezzo, la lamentela e una sedentarietà invalidante che li ha ridotti a massa di zombie senza spina dorsale, cagionevoli a malattie e patologie le più diverse..

I territori industrializzati che hanno fatto del "progresso tecnologico" la loro bandiera (noncuranti delle conseguenze e controindicazioni di una tale scelta insensata) oggi stanno pagando il prezzo della loro ignoranza e stupidità.

La pianura Padana, presto, presenterà il "conto" ai suoi abitanti che, ahimé, non sapranno onorare.

La miglior palestra è la madre terra

Se lasciamo che la malattia segua il suo naturale decorso, senza interventi farmacologici, permettiamo all'organismo di allertare le sue difese, di decifrare la natura degli intrusi, e organizzare un piano tempestivo di contro offensiva, tale da sconfiggere e dissuadere il nemico da futuri attacchi. I farmaci in genere, e il loro continuo uso, tendono ad atrofizzare le strategie di contrasto dei nostri anticorpi, per ridurli a spettatori passivi di un conflitto che li mortifica nella loro funzione primaria di difesa, fino a indurli all'auto soppressione per conclamata inattività.

Qualsiasi cosa che prima non c'era e poi compare, contiene la possibilità intrinseca e logica di regredire fino ad essere riassorbita completamente. La comparsa di tumori nel nostro organismo, è il segnale che ci allerta di uno stile di vita inadeguato, di un habitat contaminato, e ci mette in guardia dal perseverare in comportamenti a rischio, pena la possibilità di dovere soccombere alla patologia. I tumori, come sono venuti, così se ne possono andare; regredire e sparire. Dipende tutto da noi; dalla nostra capacità di comprenderne le dinamiche, i motivi scatenanti, e dal grado forza di volontà che mettiamo in campo con la determinazione di vincere la battaglia. Ci sono due lupi in ognuno di noi. Uno è cattivo: vive nel buio e si alimenta di caos, di cose effimere, di dipendenze, di menzogna, di sostanze chimiche e di radiazioni. L'altro, è il lupo buono: vive nella luce e si nutre di natura, di spazi aperti e incontaminati, di alimenti integri, di pace e d'amore. Quello che dei due nutriamo, vince la battaglia della vita.

Così, dobbiamo attenerci ad una dieta che conforti tutti gli organi del nostro corpo, e praticare con metodo e continuità il "movimento motivato" che è alla base di una vera salute fisica e mentale; il solo "VERO ALIMENTO" che ci consente di espellere tutte quelle tossine che nel tempo abbiamo immagazzinato all'interno del nostro organismo causa sedentarietà – la causa prima di ogni patologia invalidante. "Motivato", perché ogni sforzo fisico per produrre i suoi migliori benefici, deve contenere un intrinseco scopo dettato dal bisogno, dalla passione, dalla conquista, e non può essere fine a se stesso. E in questo caso, la migliore "palestra" è la Madre Terra e la vita all'aria aperta. Uno spazio dove ogni nostro sforzo si fa medicina, dissodando, seminando, raccogliendo, dove le nostre braccia sono l'estensione del divino, attraverso il quale il Mistero manifesta tutto il suo miracoloso potere, restituendoci armonia, salute e felicità. Concepire uno stile di vita congruo con la natura umana, non significa ribaltare tutte le nostre vecchie abitudini di un tempo in un "purismo integralista e settario" ma armonizzarle, equilibrarle, al punto da soddisfare anche quella parte di noi (lo zoccolo duro), che è meno propensa al cambiamento.

E anche ciò che in parte riteniamo nocivo, ha una sua intellegibile funzione, che va considerata.. onorata.

Amo gli animali

Amo gli animali per la loro umanità e disprezzo gli uomini per la loro bestialità.

Gli uomini non si amano, hanno sempre uno scopo, cercano conforto, vogliono soddisfare desideri, vogliono possedere, sottomettere, ma non conoscono l'amore. Oggi, tranne in rare eccezioni, l'amore non è che una parola vuota, un orpello, un mezzo atto a esaltare un'apparenza in contrasto con la realtà/verità; un condimento di sintesi per dare sapore ad un piatto insipido e ad un insulso sentire. Tutti parlano d'amore, scrivono dell'amore, cantano l'amore, vengono prodotti film e sceneggiati sull'amore, ma ciò che vedo è separazione, divorzio, violenza, femminicidio, disprezzo e odio per il diverso. Non viviamo nell'amore ma nel perenne dolore.

Gli uomini non si amano, si odiano e si disprezzano reciprocamente, saldi nella loro identificazione di essere qualcosa o qualcuno, di essere migliori, superiori, con la verità in tasca.. in quel perenne stato di giudizio che ha dato forma alla contrapposizione, alla sopraffazione, alle guerre, agli stermini di massa – l'uomo non può amare perché vive nella paura e si contorce nel conflitto.

Ad un essere duale è negato l'amore, ed ogni sua scelta è l'ennesimo errore a danno dell'integrità della sua anima.

L'uomo mentale speculativo non è nella capacità di amare nessuno, vive di aspettative, di pretese, di attese, di speranze, ed ogni sua proiezione volta alla felicità è destinata a fallire. Ogni suo pensiero, azione e ricerca sono le goffe interpretazioni di una tragica commedia dell'assurdo. La sua mente è sempre così irrequieta, perché impegnata in un costante vaniloquio.

Così si nutre di rancore, di invidia e maldicenza, trasformando la sua esistenza in un calvario senza fine.

Il cuore dell'uomo duale è chiuso, il suo spirito annichilito, e tutto ciò a cui aspira è la sua morte.

Gli animali, diversamente, sono creature divine, non premeditano, non separano, non odiano, collegati al flusso della coscienza universale che li alimenta d'amore e gratitudine. Gli animali sono vivi.

Una famiglia felice

Non c'è nulla di più pacificante e gioioso di una famiglia felice, dove si sorride, dove si ride, si collabora, si condivide, dove ognuno fa il suo, e tutti sono uno – dove non si giudica ma ci si confronta, non si compete ma si crea, dove si parla.. si.. anche, ma di più si ascolta, dove ogni singolo esprime i suoi talenti, per completare, come le tessere di un puzzle, l'immagine radiosa della divina Provvidenza.

Una legge dell'universo

La gioia della vita è cominciare. E per cominciare qualcosa deve finire. È una legge dell'universo. Dunque non ci sarà alcun ritorno alla normalità - tutto va a finire.. a finire male. Ma i sopravvissuti avranno la gioia di cominciare a tracciare il solco di un nuovo mondo, per una luminosa rinascita nello spirito.

Virus o vaccino?

Di questi tempi, tempi bui, è molto difficile discernere la verità dalla menzogna, la libertà dalla licenza, la furbizia dall'intelligenza.. quasi impossibile. Al punto, che non sappiamo distinguere un virus da un vaccino. Viviamo nella convinzione di credere che questo Covid 19, che ha dato corso ad una pandemia su scala globale, sia un virus, quando in realtà, visto da un'angolazione neutrale, è un vaccino, dei più efficaci. Il virus siamo noi, un virus a tal punto letale che la Madre Terra ha deciso per la nostra estinzione.. il solo modo che ha per guarire il pianeta da un'infezione/infiammazione senza precedenti nella sua storia.. di liberarsi da un contagio così virulento che ne sta decretando la sua morte.

Il Covid 19 - che adesso abbiamo capito essere un vaccino appositamente creato dalla Madre Terra per contrastare e bloccare l'opera di sterminio pianificata dal "virus umano" contro la natura e le sue leggi - ci deve portare ad una repentina e pragmatica riconversione all'originaria natura umana, liberandoci da tutto ciò che è effimero, illusorio, contaminante, e antitetico con le imponderabili e inderogabili leggi dell'universo.

Oggi non esiste una terza via! Abbiamo solo due possibilità:

A) Chiudere tutto, sospendere ogni attività e mobilità, e aspettare il tempo necessario perché il Virus, in assenza di soggetti da infettare, si estingua naturalmente.

B) Liberare tutto e tutti, e che ognuno si assuma la responsabilità delle proprie azioni e comportamenti.

Questa ipotesi è la più realistica, sapendo bene che il Sistema Mercato non rinuncerà mai ai suoi profitti, e sulla stessa linea anche una gran parte della popolazione, incapace di accettare la più sensata restrizione, come drogati sempre in attesa della loro dose giornaliera, come masse di Zombie che non sanno vivere se non ammassati, per condividere spalla a spalla le loro elucubrazioni mentali, sorseggiando quel cazzo di aperitivo tossico, che oggi si è fatto stereotipo di uno stato di demenza collettiva.

Ma se propendiamo per la soluzione A, allora va chiuso tutto oggi stesso e per lungo tempo.. perché diversamente sarà una strage.

Vittorio Sgarbi e la sindrome di Tourette

Sgarbi da della cameriera a Virginia Raggi.. proprio Lui, il cameriere da sempre genuflesso al potere. Era solo ieri, quando tale omuncolo rivolgeva offese triviali e malate al presidente Conte. Ma non sono tanto le sue volgari licenziosità che mi sconvolgono e sconcertano, ma la possibilità che questo fenomeno da baraccone le possa esprimere in tutta libertà, senza subire alcuna condanna e richiamo da parte delle istituzioni. Credere tali farneticazioni fattori di libertà e di democrazia, dove l'immunità parlamentare si fa legge ad personam (fortilizio turrito dal quale potere gridare, offendere, accusare e minacciare pubblicamente chi riteniamo sia il nostro avversario) questo non è più tollerabile, e necessita un intervento forte, concreto e pragmatico da parte della magistratura.

L'atteggiamento da suburra di questo esemplare umano va necessariamente interpretato come un disturbo della personalità, il delirio di uno psicopatico esibizionista affetto da narcisismo patologico, pericoloso per se e per gli altri.

C'è anche da considerare la possibilità che lo Sgarbi soffra di "coprolalia", un comportamento compulsivo patologico che provoca nell'individuo che ne è affetto, la necessità impellente ed esplosiva di pronunciare parole o frasi dal contenuto osceno e volgare, e che è tipicamente associato alla "sindrome di Tourette": un disturbo neurologico che porta la persona ad utilizzare questo tipo di linguaggio. In questo caso il soggetto andrebbe sottoposto a iniezioni di "tossina botulinica" con l'intento di aiutarlo a controllare il volume degli sfoghi coprolalici.

Inoltre c'è l'aggravante, relativa alla possibile emulazione della sua gesta da parte di seguaci ed estimatori; un esempio devastante per la stessa politica, per la comunità, che fa rabbrividire per i suoi grotteschi connotati di permissivismo ad oltranza, e della totale assenza del limite.

Dal canto mio, per come la vedo, e oltre ogni attenuante psichiatrica addotta a giustificarne l'anomala personalità, ritengo Vittorio Sgarbi un pusillanime che approfitta della sua carica per meri personalismi, per dare alimento al suo ego ipertrofico e ottenere quella dose di visibilità necessaria a mantenerlo in vita al pari di una droga. E in mancanza della quale finirebbe per precipitare dentro il vortice di una crisi di astinenza. Un elemento deleterio per una società che ha la pretesa di ritenersi civile, e che dovrebbe essere silenziato ed arrestato seduta stante, per le sue invettive e turpiloqui demenziali a danno di tutte quelle persone, vittime dei sui strali volgari e inopportuni, che sono nell'impossibilità di reagire.

È la degenerazione della nostra società decadente, di una "aristocrazia" escrementizia, becera, parassitaria e proterva, che tutto osa, senza più freni, limiti morali ed etici - esemplare il romanzo "Le 120 giornate di Sodoma e Gomorra" del Marchese De Sade. Una società che stava per essere scalzata e spazzata via semplicemente con la lama della ghigliottina, dalla furia e rabbiosa collera del Quarto Stato affamato e umiliato.

È ora di dire basta.. il vaso è colmo.. di merda!

Asfissia

Come si può vivere in un mondo senza aria? Come possiamo credere di avere una mente sana, ragionevole, funzionante, imparziale, e bene educata, se 24 ore al giorno respiriamo veleni ? Si può sopravvivere a questa asfissia solo mutando e modificando la nostra natura originaria.. come accade alle cellule del cancro, che si moltiplicano in assenza di ossigeno, in ambiente acido. E solo a questa condizione!

All'uomo sta capitando la stessa cosa. L'alto livello di acidità del pianeta è oramai un dato certo - l'ossigeno nell'aria si è ridotto a percentuali allarmanti, rimpiazzato da gas venefici di ogni genere. L'uomo sta mutando per farsi cancro, e così certificato la sua ingloriosa Fine.

Il problema siamo noi

Tutte le pandemie hanno origine da un ecosistema malato.

Ci convincono a credere che il vaccino risolverà il problema, ma è solo una sporca illusione, solo un business, un palliativo insomma, un ripiego, un tirare a campare per mantenere intatto lo status quo e non dovere rinunciare ai pretesi vantaggi e comodità che lo stesso sistema sdogana come irrinunciabili e fattori di progresso.

Ma e solo un fattore di tempo. Presto il problema si riproporrà ancora con maggiore evidenza e virulenza, e il sistema riproporrà per l'ennesima volta il medesimo palliativo, sempre meno efficace e sempre più dannoso nei suoi effetti e controindicazioni. Questo accade oggi con il Covid 19.

Se non saranno rimosse le cause e annullate le condizioni che hanno concorso al suo sviluppo, se non cambiamo registro, fino ad invertire l'attuale modello socio economico in un progetto sostenibile e responsabile, allora le pandemie si susseguiranno a ciclo continuo e di questa umanità non resterà che un triste e amaro ricordo.

Nessuna voce critica si è mai levata a denuncia di tutte le cause che oggi attentano alla salute dell'uomo, né all'impellente necessità di ripristinare nella sua integrità l'originario sistema immunitario, ma solo la corale pretesa di un ritorno alla normalità. Una "normalità" esplosiva, figlia di una solitudine devastante, di un stato depressivo persistente, pronta a fare saltare in aria il mondo intero e mettere la parola fine sul delirio psicotico di un'umanità alla fine della sua degenerazione.

E intanto tutto scorre come magma lavico dentro la stridente coerenza di una stupidità che diventa legge, dogma, casa di cura, dove gli ossimori tradiscono ogni logica e buon senso, e la bellezza... si, la bellezza, esala il suo ultimo respiro lasciando il mondo attonito difronte a tanta vergogna.

È finita

È finita, che lo crediate o meno. Che cosa aspettiamo a ribellarvi? Che arrivino carri armati nelle piazze, il coprifuoco.. manganello e olio di ricino? No, niente di tutto questo accadrà! Sarebbe ancora accettabile, e presupporrebbe una via di uscita, una speranza.. la possibilità di una rivoluzione. Le cose, in verità, sono di gran lunga molto peggio.

Siamo già tutti servi e schiavi, omologati e dipendenti dalle logiche del Sistema – resi inoffensivi, innocui, incapaci di ogni personalismo e di un giudizio critico, privi di un qualsiasi parametro di riferimento, della forza di volontà e del discernimento necessario per valutare oggettivamente il drammatico stato delle cose.

Annaspiamo come anime perdute sul fondo di un limbo di rassegnazione, senza un vero motivo e una meta, e dove il fetore acre del relativismo imperante annulla ogni preesistente scala di valori e principio etico. Non serve dunque un regime, una dittatura, uno stato di polizia, per opprimere un popolo di morti.

Siamo in un mare di merda così grande da non scorgerne i confini. Una merda con la quale ci alimentiamo ogni santo giorno senza batter ciglio, ma che partecipiamo a produrre come vermi aggrovigliati l'un l'altro dentro questa fogna in cui è trasfigurata la nostra vita moderna. Ci hanno scaraventato al centro di un inferno fatto di paure, angosce e solitudine, mentre la nostra anima galleggia defunta sulla superficie stagnante di un oceano di menzogne e di infamia.

Quali diritti, quali doveri, quale informazione e progresso, quale scienza e conoscenza, se tutto questo non si è tradotto in bene comune, solidarietà e felicità?

Non abbiamo una vita, non abbiamo una privacy – ci hanno sottratto ogni motivo di gioia e di speranza, e quel giorno, quando i nostri figli avranno bisogno di aiuto, noi non ci saremo!

La nostra condizione è talmente miserabile, precaria e folle, che ogni impulso rivoluzionario si è spento per sempre, lasciando così al Sistema Bestia ogni potere di vita, e di morte; quel sistema che attraverso la voce dei suoi servi e colonnelli, predica la non violenza e ci ammazza come mosche! Ci ammazza nelle fabbriche, ci ammazza togliendoci il lavoro, ci ammazza avvelenando l'aria, l'acqua, il cibo e il territorio – ci ammazza con le scie chimiche, con campi elettromagnetici, con le radiazioni, i vaccini e, alla fine, derubandoci della dignità.

"E se siete preparati all'eliminazione totale della privacy e alla robotizzazione dell'umanità, non che all'esame di ogni pensiero che vi passi per la testa, se siete pronti a vivere in un mondo in cui ogni neonato viene micro-chippato, e infine, se siete pronti ad avere ogni vostro movimento, tracciato registrato e posto nel data base del Grande Fratello, allora continuate con il perseverare con i vostri comportamenti irrazionali e demenziali, in virtù dei quali, la Bestia Liberista si alimenta e si rafforza".

Quel giorno infausto, quando le nostre funzioni cerebrali cognitive, interagiranno con i neuro ricettori al silicio dei super computers, tramite impianti radio e micro/chips, allora sarà troppo tardi per protestare.

Malato di mente non significa che la sua mente è malata, ma che è malato, proprio perché dispone di una mente, duale per definizione.. e la mente è Satana.. la peggiore delle patologie degenerative mai apparse sul pianeta.

Sommario